普通读者

西闪 著

九 州 出 版 社
JIUZHOUPRESS

图书在版编目（CIP）数据

普通读者 / 西闪著. --北京 ：九州出版社，
2017.4
　　ISBN 978-7-5108-5212-1

　　Ⅰ. ①普… Ⅱ. ①西… Ⅲ. ①随笔－作品集－中国－
当代 Ⅳ. ①I267.1

　　中国版本图书馆CIP数据核字(2017)第083423号

普通读者

作　　者	西闪 著
出版发行	九州出版社
地　　址	北京市西城区阜外大街甲 35 号（100037）
发行电话	(010)68992190/3/5/6
网　　址	www.jiuzhoupress.com
电子信箱	jiuzhou@jiuzhoupress.com
印　　刷	北京金特印刷有限责任公司
开　　本	880 毫米 ×1230 毫米　32 开
印　　张	8
字　　数	140 千字
版　　次	2017 年 6 月第 1 版
印　　次	2017 年 6 月第 1 次印刷
书　　号	ISBN 978-7-5108-5212-1
定　　价	39.80 元

自序

一看便知，本书的书名来自英国女作家伍尔夫，我向她致敬。1925 年她出版的文集就以 *The Common Reader* 为题，七年后另一本书的封面上，她仍旧用它做书名，可见相当看重。我也一样，希望这个书名不仅与文集的内容相契合，日后还能用得上。

当然，在成就这一希望之前，我首先想成为伍尔夫所谓的普通读者。事实上这并不容易。伍尔夫心中的普通读者，大抵指的是有教养、懂常识、明事理的成年人。他们就像她写到的那样，毫无杂念地热爱读书，不慌不忙，不卑不亢，哪怕到了天堂，也不奢求额外的东西。万能的上帝会看看他们，然后对身边的圣彼得耸耸肩说："瞧瞧这些人，他们不需要我的奖赏。我们这里也没有他们需要的东西，他们只喜欢读书。"

可是换作我所处的时空，伍尔夫会发现，她期许的读者正在迅速地消失，成为幻想或怀旧的对象。如今的读者，跟作家一样急切。他们附着在各种电子媒介上，用表情符号的方式发出昂昂或嗤嗤的声响。我希望用这本随笔集提醒自己，不要成为那样的作家，也不要成为那样的读者。略感欣慰的是，这本书里的内容大多发表在六七年前的报纸杂志上，回想起来，那还是一个可以慢慢阅读静静思考的年代。如果说一部好的作品需要在读者的领悟中才会最终完成，那么我希望这本书能够有这么幸运。

既然许了这么多的愿，不妨多加一个：希望这本随笔集没有彻底辜负为我推荐的朋友们。

最后，感谢西门媚。她是一切的原动力。

2017 年 2 月 14 日，西闪，于成都玉林

目录

I

辑一　对话难

探访中山宽巷子
2007.3.7

蜗牛的目光

没有多少人知道老油画家杜泳樵，但如果说他是罗中立、张晓刚、何多苓的老师，大概有些人会悄悄把腰坐直了。学生们私下里都赞叹老师是色彩大师，尤其是灰调子的运用出神入化，然而他仍然得不到更多的认可，连举办一次个展也难得很——直到身患绝症即将撒手人寰，才在学生的资助下举办了一次回顾展。那场展览观众很多，都感叹为什么现在才知道有这么一个杰出的画家。

很简单，因为杜先生擅长风景，而风景嘛，有什么观念可言？

据说当代艺术的基本特征就是"观念"，特别在绘画这个行当里，没有观念，画家就像在大街上裸奔，十分不雅，而一旦有了观念，画家就可以明目张胆地裸奔了。因为他可以像阿基米德那样大声喊着"我找到了！我找到了！"——真理在握，还要衣冠作甚？

可是达尼埃尔·阿拉斯在《我们什么也没看见》中提醒我们，有些艺术常识被我们忽视了：绘画是一门"看"的艺术，就像音乐是一门"听"的艺术那样明白。的确，不管郎朗在钢琴前如何紧锁眉头摇摆身体，并不能帮助人们更深刻地理解肖邦。同样，如果观众不去直面画作，不重视"看"，那么关于绘画的所有讨论都是无意义的。遗憾的是，当代画家并不鼓励观众"看"，只鼓励人们竞拍。评论家和艺术史家也不强调"看"，他们往往用一套套高深莫测的理论将画作包裹起来，似乎画布上一无所有，画家们都是聋哑白痴，而他们则是画家的法定监护人。阿拉斯在给一个意大利艺术史专家的长信中就表达了同样的困惑："我始终不解，为何有时你看绘画的方式，偏偏是不去看画家和作品要给你看的东西？"

在书中，阿拉斯详尽地描述了一只蜗牛。那是在画家弗朗切斯科·德·科萨的《天神报喜》里，一只硕大的蜗牛从天使身边爬向圣母玛利亚。蜗牛突兀于画面的最前景，几乎可以说在观众的鼻子下爬行，但很少有人真正"看"到它。

同样是无所不在的"观念"导致人们对画作视而不见：古人认为蜗牛是靠雨露滋养的，所谓"天降甘霖"，玛利亚受孕于天，有如蜗牛承接天露。那么很显然，蜗牛就是玛利亚的象征。如此，万事 OK，在起到隐喻的作用后蜗牛就从观众的眼中蒸发掉了，整个画面纯洁无瑕。而阿拉斯呢，却从这只巨大的乃至比例严重失调的蜗牛谈起，谈到了透视，谈到了另外几幅《天神报喜》的异同，谈到了画家处理宗教题材的方式——当不可衡量之物进入尺度之中，不可描摹之物进入具象之中，科萨的才智令人叹服。经过他的描述，我才知道，那蜗牛哪里是圣母的化身？分明讽刺的是观众——视力蜕化，反应迟钝，只能依靠触角来辨识事物。

我为阿拉斯的观察力所折服，同时也被他轻松明快的文字以及变化多端的体裁吸引。在《我们什么也没看见》中，有书信，有福尔摩斯式的追索，有画家的心理分析，甚至还有话剧。在《箱中的女人》一章里，阿拉斯对提香的《乌比诺的维纳斯》的分析就像是话剧。他成功地塑造了两个对话的艺术史专家，一个固执地把提香的画作看成一个裸体招贴女郎，而另一个企图矫正对方的观点，却在自己的推理中越走越远自得其乐。

阿拉斯反复强调"看"的重要性。其实，中国当代绘画的问题就在这里。画家提供给观众的是越来越露骨的观念，却不提供可资观看的细节。批评家脱离作品高谈理论，过度阐释的背后汹涌的却是市场规律。诚实的观众已经逃跑，剩下的那些跟蜗牛没有区别。

连推出阿拉斯著作的出版社好像也不重视"看"。他们把书做得相当粗陋，里面的彩色插图印刷得模糊不清，内页的插图更是污浊不堪。这倒是很呼应书名：我们什么也没看见！

在怀斯去世时谈论霍珀

哈贝马斯在接受《时代周报》的采访时说，他在美国佛罗里达等地看到的一片萧瑟就像画家霍珀（Edward Hopper）的画作：一排排似乎没有尽头的空荡荡的房子、房子前荒废的草坪以及上面立着的那些因拖欠贷款房产回收的标志牌，无不透出伤感。（《破产后的生活》）

的确，在爱德华·霍珀的画布上，从不缺乏空旷无人的场景。可是，他的画作是伤感的吗？我有些吃不准。在我看来，霍珀早期画作里有点笨拙的表现主义色彩，这大概与他 24 岁（1906 年）时的巴黎之行有关。在那里，他发现了波德莱尔的诗歌，并终身诵读——后者的象征主义对表现主义绘画有着极深的影响。不过后来的霍珀很快抛弃了通常意义下的表现主义，着重描绘美国城镇和乡村的熟悉景物。

霍珀的作品中经常会出现空旷冷寂的城镇，孑然独处的人物，难免给人以"伤感"，但如果人们仅停留于这一感觉，恐会辜负了画家的苦心。实际上，霍珀犹如导演，他通过独到的空间构图和强烈的光源，在自己的大部分作品中安排了不小的戏剧冲突。就拿那幅《加油站》来说吧。画家刻意加强了画面中前景的亮度，同时将公路的远端隐入最暗处，为本来暮色沉沉的乡村加油站营造出一种舞台的效果。假如观众细心琢磨就会发现，画面上的光影不大合理，甚至很不自然：三台加油机因为前景的光照闪着耀眼的红色，但机器的阴影却分明在提醒，更强烈的光来自画面的右后方。可是，画面的右方除了一个标志牌，根本没有光源。标志牌的立柱阴影和右侧发亮的树冠在提示，光来自人们看不到的画面左侧上方。那么，画面右侧那间白色小房子的屋顶照理应该也像加油机那样红得发亮，但是事实上它却相当黯淡。已经亮得过分的空地上还投下了白房子的门窗中透出来的光，这意味着房间里的光源更是异乎寻常地强烈——由于这一切荒诞之处都无法从画面上看出究竟，就造成了另外一个耐人寻味的结果。那就是画作的观看者会产生这样一个感觉：自己（或者是某个人）正躲在那个空间之外的某处偷窥。因为是偷窥，所以那些光线的不合理似乎就是情理之中的事情了，因为被遮蔽了——那个若无其事或毫不知情的工人加深了这种偷窥感，而这种不安的感觉才是霍珀想要的。

霍珀自承痴迷于光线。不过在我看来，准确地说，他是痴迷于光线的调度与安排，而不是光本身。这一点，只需与注重光影的印象派诸家做个简单比较就明白了。实际上，霍珀作品中的光线本身是单调的，甚至是苍白的，只是因为它被安排在各个不同的地方，才显得有些不同寻常。无论是著名的《夜鹰》，还是不那么著名的《夜晚的办公室》，莫不如此。

所以，并不像人们通常所说的那样，霍珀既不是一个现实主义画家，也不是什么"沉默的目击者"，如果非要给一个比喻，我认为他是擅长运用空间与光线营造类似现代派戏剧效果的画家——以他对戏剧效果和心理暗示的强烈追求，称霍珀为画家中的希区柯克也不为过。

关于霍珀与戏剧、影视的关系，既可从画家本人多年的电影海报绘画经历，也可从后来电影界和摄影界人士对他的偏爱看得出来。譬如，摄影家格里高利·克鲁德逊（Gregory Crewdson）就承认，自己的作品深受霍珀影响。他说："我可以略带讽刺地说他（霍珀）是最伟大的美国摄影家。我的意思是在我们对自己的理解方面他的影响如此巨大，但是就当代摄影而言，他对美国日常生活的兴趣使他现在看起来也并不过时。"美国一家美术馆2006 年就曾举办过一次名为"从霍珀那里出发：格里高利·克鲁德逊/爱德华·霍珀"的双人展，以此充分探讨霍珀对影像作品的深远影响。有意思的是，霍珀的画作与斯皮尔伯格的电影（如《第三类接触》）、乔治·卢卡斯的电影（如《美国风情画》）之间，也不乏这种风格上的联系。

很多人把霍珀称为写实主义的大师，然而我认为这个称号加在他的头上并不合适。这让我不由地想起可与霍珀相提并论的另一位"写实主义的大师"，美国画家安德鲁·怀斯。有些讽刺的是，霍珀死于 1967 年，怀斯则在 2009 年 1 月 16 日刚刚去世，可是如今谈论霍珀的人远远多于怀斯——"风尚"的转换真是令人唏嘘。

如果以一般人爱用的"孤寂""神秘"之类的词汇来形容霍珀，那么毫无疑问，怀斯也具有同样的特点。然而，他们又是如此不同，难免让人产生将他们进行一番比较的冲动。

相对霍珀在中国获得的反响而言，怀斯曾在中国掀起的热潮是不可复制的。在上世纪 80 年代，中国的画家们或多或少都感受到怀斯的影响力。像何多苓早期的名作《春风已经苏醒》、艾轩的西藏风情组画，都有着怀斯的影响。就在前不久，艾轩还深情地说："怀斯是美国美术史上最伟大的艺术家。"连一再表示对怀斯"十二万分憎惧"的陈丹青，早年的西藏组画里恐怕也能看见怀斯的影子——《克里斯蒂娜的世界》中那道高耸的地平线时时可见。

关于怀斯的艺术成就，似乎有着很高与很低两种极端评价。不过我对这些评价没什么兴趣。我对怀斯感兴趣的，仍然是空间与光。怀斯与霍珀所关注的题材有很大的不同，他们对空间与光的理解也存在很大差异。欣赏怀斯的画作，不大可能有那种目击甚而偷窥的感觉，主要原因在于空间与光的调度。在怀斯的画里经常出现，并且极富表现力的地平线、天际线在霍珀那里是看不到的，而在霍珀画中，那些刻意地、甚至是强制性的光在怀斯那里也不曾有过。相反，怀斯画作里的光是散漫的、平和的，所有的景色通常都笼罩着一种灰蒙蒙的光晕。且不说那著名的《克里斯蒂娜的世界》，就随便拿一幅《1946年的冬天》与霍珀的画作比一比就足以说明问题：衰草、栅栏、尚未完全融化的积雪，它们被一一呈现于画面之上。一个迅疾行走的男子被置于画面的中间，影子似乎有些跟不上主人了。在霍珀的画作里，很难看见如此一览无遗的场景，也几乎看不到如此剧烈的人物动态。怀斯善用那些富有弹性的线条，使得他的作品有着层次丰富的肌理，这在霍珀的画作里同样是很难看到的——在他那里，更多的是水平与垂直的锐利线条，建筑如此，街道如此，连人物的形体也如此，而这些线条往往是强烈的光线所规定的。但是，《1946年的冬天》中那个男人的影子透露出了些许信息：那分明是一道着重强调的影子，与整个画面的亮度形成了鲜明的对比。在怀斯的很多作品里，都能发现作者对阴影的刻意强调。它暗示着怀斯与霍珀一样，都巧妙地运用光影来表达主题。在另外一些画作里，怀斯处理单一光源的手法更能看出他与霍珀的共同之处。例如《克里斯蒂娜的世界》之二、《恋人》等。

应该说，相较于霍珀，怀斯的画才是"感伤"的。他运用空间与光所营造的更多是情绪，而非戏剧化冲突，所以人们在怀斯的画里看不到不安、紧张和焦虑，而常会有怅然若失的感觉。从这一点讲，霍珀是导演，怀斯是诗人，但只有当我们去亲近他们的画作，才能理解怀斯那么推崇霍珀的原因——他的确从大自己35岁的前辈画家那里学到了东西。

当代艺术的局中人

　　《物尽其用》是艺术家宋冬和他的母亲赵湘源共同完成的一组装置艺术作品，也是美术史家巫鸿编著新书的标题。两者之间紧密的关系是不言而喻的：巫鸿用文字和图片为无缘现场观看作品的人们提供了一个大略而不失精要的想象渠道。

　　作为一组装置艺术作品，《物尽其用》的规模惊人地庞大。它由一万余件实实在在的家用物品组成。大到桌椅板凳衣柜碗橱乃至房屋梁木，小至旧衣线团台灯电话肥皂钟表玩具，瓶瓶罐罐，连挤干了的牙膏皮、拧下来的矿泉水瓶盖，都铺陈得让人震惊。更惊人的是，这些物什乍一看杂乱无章，分属不同类别，具有不同功能，出自不同年代，却是一个不容置疑的整体。它们都是赵湘源老人从1950年代到2005年代不间断收集留存的结果。仅从这组作品的材料而言，它们已经是长达半个世纪以来中国人日常生活的缩影，同时也是一个普通人有别于其他任何人的独特人生。

我能想象身处作品展场时观众的感受，在《物尽其用》这本书的第三部分，访谈、评论和观后感也提供了想象的凭据。不过要弥补不在现场的缺憾，文字必须担负起更多"剧透"的责任，而《物尽其用》一书很好地达成了这一任务。其中，巫鸿的介绍相当于展出的导言，赵湘源的自述，还有她与儿子宋冬的对话则构成了作品的背景深度。

赵湘源为什么收集储存了那么多东西？说来话长。赵女士1938年生于湖南桃源，故名"湘源"，父亲是毕业于黄埔军校的军官。侵华日军攻陷湖南时，赵家迁往重庆璧山，在那里她度过了优渥而宁静的童年。1949年，因父亲进入公安部任职，赵随家人移居北京，生活一度舒心惬意。然而好景不长，1953年父亲在肃反运动中被捕入狱，作为反革命家属，丧失了一切经济来源的赵家只得靠典当艰难维生。15岁的赵湘源眼看家中的首饰衣物，乃至任何可以换钱的家当——被放弃，滋味可想而知。之后她的母亲只好寻些针线活儿来做，靠锁扣眼挣出家用。赵湘源也一边读书一边打零工，糊纸袋、包糖纸、分云母片，什么都做。母女俩从此不再添置衣裤，靠着不断改、染旧衣过生活。也就在这个时期，赵湘源逼出了一个一生的习惯，那就是不断收集和存储各种针头线脑布料布块，为改造下一件衣服做准备。

1958 年考上大学，1960 年父亲获释，第二年母亲去世，然后是自己的婚姻，赵湘源的青年时期和以前一样充满困苦与起伏。婚后她和丈夫，还有两个孩子挤在 5.8 平方米的小房子里继续类似的日子——儿子宋冬甚至只能睡在床头的一口柜子上。艰辛使得"物尽其用"的观念更深地植入了赵湘源的头脑，她不允许自己把任何东西随随便便扔掉，也希望所有的东西都可以反反复复地使用。

进入上世纪 80 年代，随着时代的变化，他们的生活逐渐好转。丈夫升迁顺利，子女成功就业，家境一天好过一天，可是赵湘源积攒物什的习惯并未淡去。自从她家搬到宽敞的院子，这一习惯反而多了施展的空间。除了原有的积存，儿女们的衣服、孙子辈的玩具、扩建老屋余下的砖瓦木板窗棂甚至铁钉，都在她的收纳之列。这些东西填满了房间，连院子下面的防空洞也被塞满。当丈夫于 2002 年去世后，赵湘源的习惯变得更加不可遏制。之后的数年里，她几乎用各种旧物织成了一个厚厚的茧，把自己深深地掩埋起来。这一时期，她的搜集习惯虽然带有过去困苦生活的痕迹，但已经逐渐转化为精神之疾、回忆之癖。正是在这种情况下，艺术家宋冬想用一种艺术的方式治愈母亲的"疾病"，让她破茧而出，开始另一段生活，于是有了《物尽其用》这个作品。

当然，要让那万余件旧物成为艺术，而不仅是一堆历史记忆的遗留物，过程并不简单。与过去静态的形象相比，现代艺术逐渐进化成为一种交互活动。毫无疑问，在这一活动中，作品仍然居于中心的地位，但是作品与世界的关系、与作者的关系、与观众的关系以及相互之间错综复杂的连接都在发生深刻的变化。具体到《物尽其用》而言核心在于，作为"艺术材料"的所有人和提供者，赵湘源本人还必须是这项艺术活动的自觉创造者。不然，作者的意图不明，作品的意义自然也会暧昧不清，甚至根本子虚乌有。从书中的叙述来看，在宋冬的帮助下，赵湘源的确成了一个创造者，一位艺术家。她的自述文字以及她在展场与观众的交流活动，都说明了这一点。

　　然而，在理解《物尽其用》这组装置艺术的同时，我对这本书的目的却产生了疑虑。它究竟是独立存在的评论，还是附丽于展览的"产品说明"？这让我对巫鸿在其中扮演的角色多了好奇。然而遗憾的是，无论在活动中，还是在书里，他的身影似乎无处不在，却又十分模糊。作为艺术计划的参与者，他所起的作用不清楚；作为本书的编著者，他"编"的成分远大于"著"。除了一篇由他撰写的展览序言以及一篇背景交代，其余都只能算辑录。对作品本身，看不到巫鸿深入的评论，也没有像样的分析。那么，在那场艺术活动中，他究竟是美术史家？评论家？策展人？还是三位一体？不好捉摸。

巫鸿在中国美术史领域绝对是重量级的存在。他早年在中央美院以及故宫博物院的学习与工作，以及负笈海外习得的西方美术研究和人类学知识，还有多年的艺术史积累，都称得上得天独厚。他用西方视角解读东方艺术的尝试有着内在的扞格，但总体上不失意义。他的博士论文《武梁祠》刚一出版就深得学界好评，《中国古代美术和建筑中的纪念碑性》也引发过热议，即便是《美术史十议》这类专栏文字也颇有洞见。然而，读过《作品与展场》《走自己的路》等文集后，我感觉巫鸿论述中国现当代艺术时，自身的定位发生了漂移。大体说来，他所做的工作更多的是对当代艺术活动的记录与描述，而少见客观的批评，也没有什么理论上的建树。譬如他试图用"当代性"这样一个概念统摄中国近三十年的美术进程，却又把使用传统媒材和写实风格的绘画排除于当代艺术的范畴之外，其大而无当之处十分显眼。假如以我所说的作品、作者、世界以及观众的多重关系来衡量，巫鸿本该是当代艺术的特殊观众，实际上却扮演了局中人——想必这就是《物尽其用》一书令我困惑的原因所在吧？

青山何辜

一批从来没有专业建筑设计经验的艺术家来到贺兰山下，他们要在那里建 12 幢房子，取名叫"贺兰山房"。有人为此写了一篇宣言，批判了城市建设的千篇一律，表达了对普遍平庸的当代建筑的厌倦。接着，提出了他的宏愿："希望艺术家去发明、制定新的规则、指标和制度。"（《贺兰山房：艺术家的意志》，吕澎）

奇怪的事情接二连三。画家周春芽设计的房子被转了 180 度的方向，原来朝西的可以看见贺兰山的窗户被改到了东边。工程人员的解释很合理：西晒的太阳太厉害了。被盖反的房子还有宋永平的《撒福—山房》以及吴山专的《餐字高路》。其他艺术家设计的房子问题也不少，有的设计造价严重超标，有的设计面积严重超标。更严重的是，艺术家们设计的房子大多存在着功能上的不合理，比例尺度严重失衡的问题。如今，这些奇形怪状的房子静静地矗立在贺兰山下，像对大山的一种嘲讽。

的确不知道艺术家们对于建筑的理解有多深，但是有一点是明显的失误：投资的开发商起码应该问一问，各位小时候玩泥巴的水平怎么样啊？

对现实的反抗姿态谁都可以摆，但是首先得掂掂自己的能力。四川有句俗话"眼大肚皮小"，说的就是那种声调和实力不成比例的人。与其用一堆水泥去羞辱青山，还不如加入主旋律的合唱，毕竟，别人只需要你的声音，而像拆迁这样的技术活自有人在行。

说到建筑，我内心的一个愿望又浮了起来。一直想拜见《武陵土家》一书的作者张良皋先生，可惜数次去武汉，都没有机会。先生学识渊博，再加上当年武陵经历，所以文笔真挚，情绪饱满，识见中肯，《武陵土家》堪称杰作。像张先生这样的人不多了。写有《楠溪江中游乡土建筑》的陈志华先生算是其中一个。而在上海每每听见人以崇敬的语气谈起已经故去的陈从周先生，再联想到《说园》的思想文字，难免生出世风日下的感慨。

几位先生都是建筑学的名家。可惜他们留世的作品不多。陈从周先生最有名的作品大概就是在美国建的一座中国园林式建筑。偶尔我就想啊，时代予他们的机会何其少。而今的人胆子大了，动手机会也多了，却未必是好事，贺兰山下那堆垃圾就是例证。

前不久看了一本《现代建筑：一部批判的历史》，肯尼斯·弗兰姆普敦写的。据介绍，这个老美是建筑师、建筑史家和评论家。可惜没有介绍他设计的房子，难以判断他和贺兰山下的那些中国艺术家们在实质上有何区别。好在此人笔头工夫了得，写的现代建筑史值得一读。有时候，说的就是比练的强。

《现代建筑：一部批判的历史》的前言开头引用了一段本雅明的话挺有意思：

"他的脸转向过去。在我们看来层出不穷的一系列事件，对他来说则是一场单一的灾难，把一堆堆垃圾积聚起来投在他的脚下。这位天使似乎愿意留下，把死者唤醒，使破镜重圆。但是，天国刮起一阵风暴，以无比强大的力量把他卷入，使他无法再收拢自己的翅膀。风暴势不可挡地把他推向他背对的未来，而他面前的垃圾则继续不断地向天空堆聚。这场风暴就是我们所谓的'进步'。

如果我们以当代艺术家们的建筑替换'垃圾'二字，这一段话似乎也能成立吧？我的想法可能刻薄了些，可是青山何辜，人们待它不更刻薄么？"

"我是一个演员"

　　演员是一个历史悠久的职业。从什么时候开始，演员不再是一个单纯的从业者而成为整个时代的偶像？没有看到过有关这个问题的专著，但我认为这个问题很有意思。在传统社会中，演员的地位不高，可哲人们的目光偏偏投向他。卢梭为此不惜笔墨——他的乌托邦里容不下剧场，而演员简直不如妓女。在他看来，演戏就是一种交易。在这种交易中，"他（演员）为了金钱而演出，使自己屈从于羞辱和当众羞辱。在当众羞辱中，别人买得了获取他的权力，给他的人格贴上了价码。"（卢梭："致达朗贝尔的信"，《卢梭论戏剧》，三联书店）而在柏拉图的理想国里，表面上驱逐的是诗人，实际上演员也没有好果子吃。因为在柏拉图的时代，诗人和演员之间的区别并不太大。在《法律篇》（上海人民出版社）里，柏拉图就这样对一个诗人领衔的剧团说："最尊敬的客人，我们自己都是悲剧作家。我们的悲剧作品都是

023

我们能够创作出来的最好作品。不管怎么说，我们整个国家的建设是一种'演出'，它表现的是一种最好和最高尚的生活……所以不要轻率地认为我们会冒冒失失地答应你们在市场上搭起舞台，让你们演员的好嗓音压倒我们演员的声音。"

敏锐的人往往从柏拉图和卢梭的话语中听出极权与民粹的弦音。卡尔·波普尔在他的《开放社会及其敌人》中就是这么认为的。不过逻辑的演进并不意味着一切都按照逻辑成为了事实。演员从未长久地离开过人们的生活，相反越来越与这个世界粘合在一起，以至于我想做这样的猜测：当演员成为乌托邦或理想国的君王，那又会发生什么？——权当是一次脑力健身也不错。

不少学者认为，资本主义的前进性力量攀爬到 19 世纪中叶到达巅峰，以后一路滑落，现已基本衰亡。与之相伴，市民社会逐渐消亡了，取而代之的是大众社会（mass society）。这所谓大众社会，不过是乌合之众。人们身处这样的社会，有如大同小异的原子，彼此分离，不再具有整体结构，因而可以任由强权和传媒揉捏。为证实大众社会之不堪，学者往往以艺术和文化产品转化成大规模生产的商品为例。这其中自然包括电影和演员。本雅明在《机械复制时代的艺术作品》中就谈到市民社会衰败之下，"电影的回应方式是在影棚之外建构虚拟的'人格'"。这种"人格"，就是明星体系，用本雅明的话讲，本质上是虚假的，是由金钱制造出来附着于商品上的性格符咒。

　　且不论本雅明的观点成不成立，有一点是很有趣的。和他同样批判大众社会的卢卡奇、葛兰西、阿多诺等人，他们的主要论著大多在上世纪 20 到 30 年代完成。这是不是能说明，演员成为时代偶像，恰好是在这一时期转型的呢？

　　如果哲人们能看到今日网络上的艳照事件，他们会作何想？是感叹明星体系之壮大，还是慨叹乌合之众的盲目与愚蠢？或者，也教教那些可怜的偶像们如何辩护，就像周星驰在《喜剧之王》里一本正经地对着镜头说："我是一个演员。"

看不懂

　　承认自己看不懂某本书本不是什么难为情的事情。例如海德格尔的《存在与时间》有多少人读得懂？反正我是读不懂。维特根斯坦的《哲学研究》有几人看得懂？好像每个字都认得，每句话似乎也能看明白，可联系上下文，我也还是不懂。不过想到这些书虽然大名鼎鼎，但毕竟乃是空谷幽兰，凡夫俗子如我辈，并不将他们挂在嘴边，承认自己看不懂也不算太糗。但是有些书，那是非常之热门，人人都在谈论它，有如谈论自家的叔伯兄弟。这样的书我却仍是看不懂，那就有些没脸面了。

　　不久前艾柯（Umberto Eco）访问中国，随之而来是不断推陈出新的艾柯著作。再版、加印，书店里艾柯的名字俯拾皆是，连《符号学与语言哲学》这般专业化的著述都不仅得以再版，还在一年当中有了第二刷，不得不佩服资讯的力量。为了跟风，艾柯的书我也买了几本。包括被不少人称颂的《误读》在内，我也没怎么看得懂。我承认，艾柯可能是博学的，但同时肯定也是极其炫技的。比他更炫技的是艾柯著作的中文翻译们。在接受采访时，艾柯就抱怨过自己的作品被翻译成各国文字，连日本人都去意大利就翻译问题向他本人讨教，唯有中文版的翻译们从来没有和他联系过。他的书看不懂，我好像也有了比较正当的理由。

与艾柯热媲美的是汉娜·阿伦特。近两年，汉娜·阿伦特大有飞入寻常百姓家的趋势。阿伦特忽然在国内红火，其中想必有出版商的苦心，但恐怕也少不了文人的推波助澜。只是又有几人看得懂呢？

以赛亚·伯林倒是非常直率地说出了他对阿伦特的看法："我认为她没有进行论证，没有迹象显示她有严肃的哲学思考和史学思考。她写的东西全是乱七八糟的形而上学大杂烩，甚至句与句之间没有逻辑上的关联，也没有合乎理性的或可以想象的联系。"言犹未尽，他还引述了犹太学者格肖姆·肖勒姆的话。他说："我问过肖勒姆为什么人们钦佩阿伦特女士。他告诉我，任何严肃的思想家都不会这样做。那些钦佩她的人只不过是会摆弄字母的'文人'，他们不用脑子思考。在一些美国人看来，阿伦特反映了欧洲大陆的思想。但是，肖勒姆声明，任何一个真正有教养的人和严肃认真的思想家都不会与她为伍。"

作为一个读者，我没有伯林式的洞见，但我仍然要说，读阿伦特的文字的确很痛苦。一本《精神生活》（*The Life of Mind*，又译为《心智人生》），我只翻开了第一卷《思维》就难以前行了。她几乎全然陷入了神思恍惚的冥想状态，在这种状态呈现的文字似乎需要一些神经生理学的常识才能接近。另一本《黑暗时代的人们》部分是演讲，所以比起《精神生活》要好读一些，但远没有像有些人评价的那样，达到"清明、正直而有节制"的境界。

至于阿伦特最著名的观点"罪恶的平庸"，不少人觉得说到了人类困境的深刻处，其实放在特定的现实语境之下，我也会像伯林那样从沙发上跳起来说："那太荒谬了！"

踏浪而行

　　三个苦修了一辈子的老头居住在一个小岛上。一个热心的教士听说了这件事，乘船来到岛上，他问："你们怎么祈祷?"老头们说："我们只有一句祈祷辞。我们说，主啊，你是三位，我们也是三位。怜悯我们吧。"教士说："这很精彩，可是这并不是真正让上帝听的祷告。我来教你们一句更好的。"他将一句祈祷辞教给老头们，老头们很是感激。几年后教士乘船途经小岛，他惊奇地看见三个老头脚踏波浪追了上来。靠近船时，其中一个老头挺不好意思地对教士说，对不起啊，大人。可不可以再教我们一遍那句给上帝听的祷告? 我们给忘了。

　　这个故事我是从巴西作家保罗·科埃略那里听来的。作为一个作家，他把这个故事放在一部小说的序言里自然是意味深长。不过我却在想，如果这个故事由哲学家来描述会怎么样呢? 比如说，让列奥·施特劳斯或者以赛亚·伯林来讲。这个设想并非毫无理由，因为这段时间我正在看他们的书。

刘小枫曾经在一篇题为《刺猬的温顺》的文章中谈到列奥·施特劳斯和以赛亚·伯林。他评价说，尽管这两个当代哲学的重要人物都认为人类的根本问题，即价值冲突问题，无法解决。但是，两位哲人却导引出完全对立的结论。施特劳斯坚持价值绝对论，而伯林则秉持价值相对论。

在《伯林谈话录》中，伯林评价施特劳斯拥有一双发现永恒真理和永恒价值的"魔眼"，而他认为那样的真理和价值并不存在，他所认识的全部东西无非是人、物和人脑中的观念：目标、情感、希望、畏惧、选择、想象的情景和所有其他形式的人类经验。所以我冒昧地猜测，如果要伯林在想象的定义之外描述踏浪而行的故事，他可能会认为三个老头像金庸笔下的裘千丈一样，踩着水下的木桩出现在船头。

那么，施特劳斯会怎么描述呢？既然他是一个坚信世界上存在永恒不变的绝对价值的人，我想他首先会公开表扬三个老头施展的绝顶功夫。很明显，这三个老头的年龄比教士大得多。按照施特劳斯的理论，自然是老的比小的好，古代的好于现代的。况且事实也是如此，老头们没有凭借任何工具就逐波海上了，而教士呢？只能借助于现代工具。那么，老头们体现出的价值观当然比那个自以为是的教士更靠近"绝对价值"一些，而那个教士肯定会遭到施特劳斯极严厉的批驳，譬如称他为"现代民主的官方高级祭司"。施特劳斯就曾经把这顶大帽子扣在自由主义知识分子的头上。同时，这位施特劳斯又以"字里行间阅读法"闻名于世，尤其擅长在典籍中分辨显白说辞与隐晦教导，对于踏浪而行的故事，想必他能够发掘出更多的涵义，说不定能够从这个故事字数的奇偶得出惊世骇俗的结论。

事实上，我是凑巧翻到《我坐在彼德拉河畔哭泣》这本书的序言时，才想起把伯林和施特劳斯拉进来胡说的。这对于作家保罗·科埃略来说相当不公平。哲学家们有"逻辑"作为互相攻击的工具，而作家没有。作家只知道用文字描述一个故事，他并不清楚这攸关立场。

文章开头的那个故事我还没有说完。科埃略是这样写的，教士对三个老头说，忘记了也没关系，因为他看到了奇迹。接着，教士请求上帝宽恕，宽恕他以前不知道上帝懂各种语言。

说到语言的不同，我很想问问施特劳斯，哪一种语言最能表达"绝对价值"呢？是英文、中文、希腊文还是希伯来文。

名声大爆炸

闲来以 *TBBT*（*The Big Bang Theory*，中文译做"生活大爆炸"）消遣。这是《老友记》之后唯一能让我满意的情景喜剧。其中主角 Sheldon 是一个少年天才，研究弦论的物理学家。剧里有这样一个情节：Sheldon 的妹妹向朋友炫耀时称自己的哥哥是"火箭科学家"。听到这个称呼 Sheldon 大为光火，向妹妹咆哮："火箭科学家？你还不如干脆告诉别人，你哥哥是金门大桥收过桥费的。"（大意）看来，在他的心目中，理论物理学家和那些应用物理学家，哪怕是搞火箭研究的人相提并论是很丢脸的事。

孔子说："必也正名乎。"Sheldon 未必知道《论语》，但显然懂得运用这个道理：无论评价别人还是评价自我，"伟光正"之类的话于"正名"是最无益最苍白的。而诀窍则在于"定位"——与别人（通常是那些声名显赫之人）相提并论，这似乎是"正名"的好办法。

这样说还稍微有点费解，看些实例就明白了：

"他像苏格拉底一样很少发表作品，但他的思考与言论对我们的时代有莫大影响。"这是对伯林大胆的恭维，当然也是一种大胆的定位。

"仅以短篇小说而论，她的成就堪与英美现代女文豪如曼斯菲尔德、泡特、韦尔蒂、麦卡勒斯之流相比。"这是夏志清褒扬张爱玲的话。可是除了麦卡勒斯，其余女作家的文学地位有多少人了解呢？夏先生显然在定位技巧上颇有欠缺，反不如他所提到的女作家韦尔蒂那么果决——她将一封信挂在自己床头的墙上，视为自我定位的坐标，直到去世。那封信中有一句至关重要的话："你写得不错。"落款是威廉·福克纳。

说到福克纳，与他能相提并论的当然是海明威。可是我们都知道，这两人一直都不搭调，相互扦格，至死不休。与此类似的是纳博科夫和奥威尔。纳博科夫希望与康拉德相提并论，奥威尔中意的是吉卜林和杰克·伦敦，哲学家罗蒂却尝试着将他二人调和在一个命题中，估计他俩定会大打出手。在纳博科夫眼里，奥威尔制造的都是一些"话题垃圾"，跟"低劣"的《日瓦戈医生》没什么两样。而作为一个要还原"2+2=4"这一类简单真相的常识主义者，奥威尔对那种"为艺术而艺术"的作家的态度可想而知。

最典型的案例当数鲁迅与梁实秋。彼时交锋，梁实秋不过 24 岁，比鲁迅整整小了 22 岁。(《梁实秋文学回忆录》) 从 1927 年算起，直至鲁迅去世，论战长达八年之久。鲁梁之相提并论，对当时的梁实秋来讲是不虞之誉，于未来的梁实秋来说更是分外重要。梁实秋要求倡导"普罗文学"的对手"拿出货色来"(《鲁迅梁实秋论战实录》，华龄出版社，1997 年 12 月版)，这一掷地有声的吁请，其实不仅是要求鲁迅等左翼作家。后来他用三十年岁月独立完成《莎士比亚全集》的翻译工作，想必也是对自己的回答。

再说回 *TBBT*。某一集里 Sheldon 向一位物理学家提议合作邀请，还"大度地"允诺对方拥有第一署名权，却遭到对方的当面拒绝。绝妙的是，这位物理学家竟是货真价实的诺奖得主 George Smoot 客串的。在剧中，George Smoot 对 Sheldon 的提议只回了一句："Are you crazy?"

看来，相提并论的技巧还真是不好掌握啊。

含泪劝告

在我看来，诺奇克是这样一个哲学家。如果在古希腊，他将和苏格拉底一起被审判。因为他不仅有趣，而且在思维方面显得过于精力旺盛——他甚至在一篇类似科幻小说的文章中客串过上帝，差点把自己（上帝）搞疯了。(《苏格拉底的困惑》，新星出版社）

我来复述一下这个叫《新约书》的故事吧，虽然有些困难。

"我"造了一个人 A 和自己玩。有一天 A 想另找一个伴儿。于是"我"不情愿地随手造了一个 E。A 完全没发现这个 E 其实是一个能模仿人类所有行为却没有内心感受的机器人，一起玩得很开心。这让很无趣的"我"决定另造一个不会轻易被 E 那样的机器人蒙蔽的新伙伴。这个新伙伴不仅要有自己的感受，还能感应（不是推断）别人的心理。

可就在设计过程中，"我"发现自己从来没考虑过人和机器人的区别问题。"我"只是说:"要有人",于是 A 就出现了。"我"又说:"要有机器人",E 就出现了。从来没想过,A 与 E 的区别是否就是人与机器人的区别,也没细致考察这两个概念的差异,更没有检查造出来的东西是否与自己的计划相符。再有,难道"我"的计划,甚至"我"是如何创造出来的,无须检验和证明吗?

幸运的是,"我"最终知道,虽然世上几乎所有的东西都不是那么确定,但"我就是我",这一点确定无疑。当明白了这些,"我"已经很满足了,不再想什么新的造人计划了——那种有自己的感受,同时还能感应别人心理的人,看来是造不出来的。

如果《新约书》真是一篇小说就好了。我就不会愚蠢地问:"这个故事说明了什么呢?"但诺奇克的这篇东西太哲学化了,我不得不仍把它看作一种逻辑演绎。

也许每个人都曾在潜意识中希望自己是上帝,或者无所不能的某个实体。但没有谁会像诺奇克那样,在故事里赋予上帝一项人的能力,那就是理性。上帝因其全知全能,根本不需要这玩意儿。而诺奇克所干的,相当于在完美程序中嵌入了病毒,运转不正常就成了必然。但是,哲学家是想证明上帝是否存在吗?不是。他只是非常谨慎地证明,上帝若有理性则就不是全知全能,人若无理性则近乎疯狂。人不是上帝。其证据是,人需要理性。

一个人是不可能感应别人的心理的。我们只能通过对方的行为，运用理性推断彼此的心理。而理性，作为人而非上帝的属性，限制着人的作为。它必然是谦逊的、审慎的，并使人能够警惕到，当你说"你的痛苦，我感同身受"时，也许包含着骄横与轻佻的成分；当你说"你们的丧子之痛，全国人民都感同身受"时，就肯定包含着骄横与轻佻的成分；当你说"纵做鬼，也幸福"时，其骄横与轻佻，已近疯狂了。

近段时日，读诺奇克让人清醒不少。他的书可当作一种理性的劝告，至于是否"含泪"，就不作矫情的臆测了。

毕竟是书生

　　数年前在北大朗润园拜见汤一介先生，谈话间说到季羡林先生和周一良先生。彼时周先生去世已三年，而季先生刚入院疗养。谈及两位师友，汤先生颇有感触。其中他引周先生的一句话来评价老一代知识分子，我一直记得前半截："毕竟是书生"。

　　季先生之西去可谓哀荣备至，很自然地我又联想起了周先生。季先生的学术如何，成就如何，多少人能说不出个子丑寅卯？于是大家就像天桥的看客，专拣惊人的讲——"学贯中西"是一定要的，所谓精通多门语言也是"硬指标"。季先生当然了得，精通12门语言（不知这结论如何得出），读周先生的回忆录《毕竟是书生》（北京十月文艺出版社）和新版的随笔集《书生本色》（北京大学出版社），才知周先生也不遑多让，少说也会七八门。他在哈佛呆了七年，不仅拿了博士，还做了两年日文教员。七年之中通了七门语言，英文、日文纯熟不必言，梵文也已达"享受从容研讨的乐趣",德文、法文流畅,还能阅读拉丁文和希腊文。

当年周先生在学术上取得大成就原是众所期待的——留美之前,中央研究院历史语言研究所所长傅斯年邀他任历史组的组长,并向胡适推荐说:"周一良恐怕要给他教授,给教授也值得。"赵元任也说史语所要有"新血",周一良乃第一要紧之人,万万不可放过。归国之后,周先生已定下追随陈寅恪的心,暂回燕大停留,即赴清华执教。诚如后来杨联陞、余英时等人所讲,周先生是当时青年学者中"公认可传陈寅恪衣钵者"。周先生对陈之倾服不必说,陈对周也是青眼有加。早在周先生于燕大做研究生时,就"翻墙"去听陈寅恪的课。他形容自己听得过瘾,"就像听了一出杨小楼的拿手好戏"。(《毕竟是书生》)1942年,陈寅恪则在一篇论文的前言中怀念留学美国的周一良,说过去他俩一个在北平,一个在南京,书信往复讨论南北朝时期的疆域氏族问题,各自皆所获颇丰。而今"周君又远适北美,书邮阻隔,商榷无从。搁管和墨,不禁涕泗之泫然也"。可见他对周先生期许之重。

然而形势遽变,世事迫人,周先生的学术之路可谓半途而废。季羡林先生曾回忆当年的牛棚岁月,每逢批斗,他与周一良、侯仁之三人的名字总是在高音喇叭里一并报出,仿佛"三位一体"。周之坎坷，因误入"梁效"更多一重，到后来在学术上"重获新生"，已是"时不我与"了。

说起书生的话题想不到也这般沉重，不如讲个小故事博读者一乐。周先生自幼受的是私塾教育，没进新式学校，到北平求学时就遇到了没有文凭的麻烦。想不到的是，当时北平制造假文凭乃是流行，琉璃厂的刻字铺就兼做这个营生。周先生就假借家乡一所中学的名义，找刻字铺伪造了一张高中毕业的假证书。

据周先生详细介绍，当时北平一般的大学是不会费事去核实文凭真伪的，但是比较知名的五所大学（北大、师大、清华、燕京、辅仁）情况则各有不同。其中只有辅仁大学因成立不久，尚有隙漏，故而他得以蒙混过关。

除了缴验文凭一关，更重要的一关是入学考试，其中最难是数学。而当时学界也有绝招儿：找人替考。周先生将准考证上的相片拿去照相馆做了"PS"，再请他的工程师表兄孙师白替其入了考场。据周先生说，当时代人考大学司空见惯，他的爱人也曾替朋友去考过中国大学，后来的大学同学中，也不乏报名顶替者。

联想到今日诸多的考场弊案，情节几乎雷同。问题是，今日作弊与"求学"二字还有关么？

对话难

　　以色列作家阿摩司·奥兹是诺贝尔奖的有力竞争者，遗憾败在莱辛手下，令押宝在他身上的人扼腕。在小说《爱与黑暗的故事》中文版里，奥兹写了一篇很不错的序言。他讲自己的父亲可以读十六种语言，讲十一种语言，母亲会讲五六种语言，可他在童年时代与父母之间却缺乏对话。没有谈论过感情，也没有谈论过记忆和痛苦，梦想和梦想的破灭。

　　在一个家庭的成员之间对话竟如此之难，好像出人意料，其实却是情理之中。回想自己青少年时期的家庭关系，所谓对话恐怕更为稀有。

　　有一本《僧侣和哲学家》，也是家庭成员之间的对话。法国人马修·李卡德（Matthieu Ricard）是一个藏传佛教的僧侣，在尼泊尔隐修。1996 年，他和他的哲学家父亲在加德满都的一家客栈里进行了一番对话。那是在白夜酒吧聊到嬉皮士、大麻和宗教时，翟永明向我推荐的一本书。在美国的时候，她意外从楼梯上摔下来伤得不轻，躺在床上无法动弹。朋友在她的床边放了一些书。她就这样打着石膏，以一个固定的姿势读完了《僧侣和哲学家》。她觉得若没有那次受伤，恐怕很难碰见那本书，这简直是一种缘分。她还提到翻译者正是赖声川，译笔极好。

其实大陆也有此书的简体字译本，名为《和尚与哲学家》(江苏人民出版社，2005 年)，翻译者是陆元昶。可惜的是，我翻阅了此书，就更想读到赖声川的译本。陆先生的翻译并不像有些人说的那么差，只是有些硬，有些"隔"。一对身份极其特殊的父子，要理解他们之间的对话，读者或译者得自己参与到对话里可能才能得其神韵。前不久一个朋友要去台湾游玩，问我需要买什么。我第一反应就是要她帮我找找《僧侣和哲学家》。她来去仓促，还是顶着台风去了诚品书店，结果失望而归。后来我在翟永明那里借到了。

对话本是一种最原始也是最有效的交流方式，可惜现代人有意无意忽视了它。我记得国内有一本很有名的杂志叫《演讲与口才》。在那本杂志以及某种古怪思路的指引下，我们都成了自信而浅薄的辩才。一段时间，打开电视到处都能看见各种辩论会，以至于和人谈话张口就是："对方辩友……"现在想来，那不是对话，也不算真正的辩论。

对话之难在伽达默尔与德里达之间体现得最具意味。关于"理解"，阐释学与解构论进行了一场"不可能的对话"（《德法之争》，同济大学出版社，2003年）。这样的对话虽然困难，却又魔力非凡。因而毫不妨碍数年之后80多岁的伽达默尔继续向德里达发出对话的邀请："那个让我关心解构论的人，那个固执于差异的人，他站在对话的开端，而不是在对话的终点。"

　　奥兹在小说序言中强调，"对话尚未结束，万万不能结束。"联想到伽达默尔对德里达说的那段话，仿佛能听到一种召唤，隆隆如雷声。

辑二　格言控

文学的焦虑观

　　在《耶路撒冷》里布莱克写道："我必须创造一个系统，否则便成为他人的奴隶。"与其说他道出了作家们的心声，不如说探到了作家们的心病。更有哲学家将这种心病阐述得像社会新闻的标题那样惊悚，大意是凡还没有创造自我的人，在存在论意义上就是有罪责的。这种心病可称为"焦虑"。

　　在探究这一心病方面，没有什么作品比哈罗德·布鲁姆的《影响的焦虑》更有名。在书中布鲁姆把诗人的创作描绘成摆脱他人影响的种种尝试，并用弗洛伊德的方式对他的理论进行了一番包装。而实际上他的焦虑学说简而言之就类似于香港鬼片中鬼附身和驱鬼的情节，对付王尔德、史蒂文斯还成，一旦碰上莎士比亚这般的厉鬼就不灵了。尽管布鲁姆在回避了20年后以《影响的焦虑》再版前言的方式企图将莎士比亚纳入焦虑理论中，但他的那些臆测实在不能说服我，但我理解他的焦虑。要知道，莎士比亚就是布鲁姆的上帝，用自己的理论给造物主之上安排一个更高位阶的神祇，那是何等痛苦。

如果布鲁姆读过席勒在 1795 年发表的文章《论素朴的诗和感伤的诗》，他不至于 20 多年来为莎士比亚耿耿于怀。在那篇文章中，席勒区分了这样两种类型的诗人：一种是在他们自身和他们的环境之间，或是在他们自己的内心，意识不到有任何裂痕的人；另一种是意识到这种裂痕的人。对于前者，艺术是一种自然的表达形式，作为艺术家，他们理解自己直接看到的东西，为了它本身而去表达，而不是为了其他任何外在的目的。而对于后者来说，天地崩裂，不复统一，那个情与思和谐的世界已然消失，他所做的，就是依靠自己的想象力去追寻、重构那种和谐，以期重返那个世界，却又无时无刻不得不承载着断裂所带来的焦虑感。席勒将前者称为 naiv（素朴的人），后者称为 sentimentalisch（感伤的人）。素朴的艺术家同自己的缪斯喜结良缘，而感伤的艺术家与缪斯的婚姻却颇为不幸。因为前者的婚姻祥和快乐，而后者却要面对时代的紧张、冲突和焦虑。

按照席勒有趣的二分法，很明显，莎士比亚是素朴的艺术家，他没什么可焦虑的，而易卜生显然不是。塞万提斯是素朴的，而乔伊斯明显不是。巴赫是素朴的，贝多芬不是。李白是素朴的，杜甫则多半不是。无论如何，将作家的创作归因为摆脱他人影响的尝试，这是对易卜生、乔伊斯的矮化。他们的焦虑其来有自，绝非什么"影响的焦虑"。

而今焦虑的作家举目皆是，而席勒意义上的素朴的作家——和自己的创作手段和谐相处，普通人与作家的身份完整统一，没有自我意识或困惑，同时才华横溢，这样的人我很难找出一个。也许马尔克斯算半个？

扔书记

　　和一群熟人吃饭。席间有人热情地对我说："我又新出了一本书，改天我拿来送给你。"连声称谢，心中却有点愧疚。他送了好几本得意之作给我，而今恐怕都已化为纸浆了。

　　他哪里知道，我有一个羞于启齿的习惯，那就是扔书。这个毛病是怎么养成的，不知道，估计和长时间居无定所有关。毛病一旦养成，就很难改变了。而今书架上的书往往就那么几百本，数量基本恒定，书名经常变换。

　　扔书之后自然痛快，可是扔的那一刻还是会犹豫不决。买书向来谨慎，手里有的书大多还算物有所值。一本书扔出手，要么是与我性情不合，要么是志趣全然相左，且营养不多。

　　扔掉了余杰所有的书。这是我记得的最快意的一段经历。还有什么比得上直接把一个秃子的假发扯掉史残忍也更痛快的事情呢？

我也扔掉了所有周国平的书。感谢他曾经在我的中学时代像一个假圣人那样得到我的崇拜，使我不至于像我的同学们那样成为少年犯。

我还应该扔掉几本董桥的书。陈子善编的那本《董桥文录》最值得一扔。董先生那自以为通透的文字，和纸浆是有相似之处的。扔。

印象中契诃夫、屠格涅夫很适合扔，顺手。这二位老人家被中国的翻译家们千般折磨，被中年作家们榨尽血汗，早不成人样了。扔。

至于《科学的历史》《宽容插图本》等等书籍，分量够沉，扔起来更有快感。如今的书商太聪明了，变了方儿地炒冷饭。把几块钱的东西做成几百页的厚本子，价格嘛，当然是以前的 N 倍。实际呢，除了字体放大外，无非就是在书里加一些莫名其妙的图片。这样的书，只能让人把对书的爱好变成仇恨。

西门媚说，她有一次买了一本书，名字叫《遍地风流》，作者是她喜欢的阿城。哪知道拿回家翻开一看，作者不是阿城，而署名阿成。书也不叫《遍地风流》，叫《胡地风流》。她一怒，把那书就从窗户扔出去了。她说，那是她扔得最痛快的一本书，因为她太愤怒了。可见一本书扔得痛快不痛快，关键是看它给你带来多大的愤怒。

相比之下扔熟人写的、熟人送的书就没有那么痛快了。别人辛辛苦苦弄了一本垃圾书出来，也花了不少心血，本来应该好好地放在书架上，哪怕是书脊朝里，也是尊重。可是人就是这么怪，你想将某种恶心东西宽容地视同无物，那它就偏偏会成为你辗转反侧的理由。看见这样的书出现在书架上，唯有扔之方后快了。小心翼翼把别人题有什么"雅正""斧正"以及签名的扉页撕去，那一刻简直让人产生恶魔般的快乐。

　　此刻浏览书架，似乎听见战栗声。

谁为短篇犯难

　　很惭愧，三年前如果没看电影 *Away from Her*（中文译作"柳暗花明"，改编自艾丽丝·门罗的短篇小说《熊越过山岗》），我竟不知有一位专工短篇小说的女作家名叫 Alice Munro，不知道她早已声名卓著，被人视为当代的短篇小说女王。虽然我不大喜欢"女王"之类的称谓，但那部电影带来的激动驱使我不断去寻找作家的作品。结果令人失望。偶尔零星地，她的小说会出现在诸如《加拿大短篇小说选》之类的文集里，久远得无人在意。

　　我在自己的博客上曾经说起过这事儿，也没人在意。然而就像多丽丝·莱辛在中国的遭遇那样，在今天，一个声名赫赫的奖项，再加上空前发达的传媒，足以让一个陌生的名字印上文学版的头条，也印上中文作品集的封面。不过我想，门罗在中国的"迟到"，可能很大程度上还是因为她所写的乃是短篇小说，而非长篇——最顺手的对照就是玛格丽特·阿特伍德（Margaret Atwood），同是加拿大女作家，年龄差不多，声望也差不多，她的长篇小说在中国可谓一帆风顺。《可以吃的女人》《盲刺客》《羚羊与秧鸡》等代表作都早已出版，近两年南京大学出版社更是一口气推出了好几部，《别名格雷斯》《道德困境》《浮现》……估计她的书单还会继续列下去。要是她也和门罗一样只写短篇，估计就没这么好的待遇了。

前不久一位作家朋友还问我，到哪儿找门罗的书。我告诉她，一本都没有。近来知道十月文艺出版社刚出了她的一本小说集，名叫《逃离》，算是"填补了一项国家空白"。

不能责怪任何人的势利——短篇小说结集出版之困难在业内早已不是秘密。国外作家尚好，毕竟经过了"过滤"，出版社比较有把握。国内短篇小说作家的境遇那就更差了。随便走进一家书店，文学架上的大部头小说密密麻麻，可是短篇小说集却寥若晨星——这是读者面对的状况。在作者一方，就我所知，为出版短篇小说而四处求告的，不仅是文学新人，俨然一家的也未必如愿。我就认识好些专事短篇的作者，耕耘多年出版无望，只好在网上搞个小论坛，贴上自己的作品，几个人互相欣赏互相切磋，弄得跟日渐稀少的票友似的。

但是我一直没有搞清楚，为什么短篇小说的出版这么难。市场不认可吗？好像出版界都这么讲。读者不喜欢吗？恐怕未必。

我记得 10 年前一家出版社策划了一套丛书，主题叫"影响我的十部短篇小说"，请了余华、苏童、王朔等作家来编选和推荐，很是红火。可见那时候短篇小说的出版已经困难，读者依然很多。其中莫言讲到他第一次读到科塔萨尔的短篇小说《南方高速公路》时的激动感受——他用了三个通宵把小说抄了下来，后来又模仿着写了一个短篇。与作家的阅读相比，普通读者会如何看待短篇小说呢？我想起自己好几次在巴士上看到的情形：在那些夜班归来的年轻人中，有不少人在阅读。大多用的是手机，偶尔也能看见读文学杂志的。也就是说，阅读的习惯还存在着。至于短篇小说的出路是否也在其中，我就没把握了。

2013 年，门罗获得诺贝尔文学奖。当然，她在中国的命运全然不同了。

我的梦正梦见另一个梦

一天在城中某寺和朋友们喝茶，有熟人领来异士一枚。来者四方脑袋，面容黢黑，粗眉细目，厚唇短髭，戴着一副黑框眼镜，活脱脱张小盒现世。比卡通人物更卡通的是，他上身白衬衫黑领带，下半截的西裤一长一短，走近才看清楚，右裤管平淡，左裤管高亢地挽到了膝盖。再一听熟人介绍，此君姓郑，心理学博士，我立刻在椅子上挺直腰板。

我那熟人本来就"神"。长年吃素，瘦得皮包骨。笃信各种心灵术，喝口茶都要念叨无数遍"谢谢，谢谢，你真好"，不是对旁人说，是对杯中的水。据她讲，只要你对水诚心赞美和感谢，水分子就会发生结构变化，施行自我纯化功能。"再脏的水也会变干净"，她曾悄悄地对我说，生怕手中的那杯水听见了伤心。现在，她领这么一个人到我跟前，我当然得挺直腰板。

坐下来，挪位、搀茶、递烟，好不容易捱过 15 秒的冷场，还是熟人先发话："昨天我做了一个梦……"

像是被摁中了某个按钮，众人注意力立刻集中——都是一帮神鬼莫辨的人，就好这一口。

"梦见我小时候，跟一个白胡子老头练武。"众人轻笑，她那模样，还练武？

熟人很陶醉的样子："先是脚绑沙袋，练轻功。一跳就是八尺，摘到好吃的桃子。后来练一种好看的掌法，好看得没法形容。"众人又笑，少年梅超风吧？

熟人继续陶醉："好甜的桃子。"

气氛轻松下来，忽然有人冒了一句："你一定是独生女。"大家一看，是刚来的郑博士。

熟人笑着说："家里三姊妹呢。刚才你没听见，我姐打来的电话?"

"那你父母一定是长期分居。"

"没有啊，双职工。我妈那时候三班倒，老爸倒两班。"

"嗯，我说准了。三班和两班，不容易碰面。相当于分居。"

旁边的朋友忍不住问："博士究竟想说什么?"

博士很严肃地用左手抚摸着右膝盖："分析她的梦就知道，她的童年，嗯……根据格式塔理论，若干单一的刺激一定与神经网络的交互作用成正比……整体决定部分的性质……"

我那朋友是个执着的人，他继续问："你究竟想说什么？"

熟人赶紧圆场，笑着说："郑博士对梦的分析很有水平。他是 SC 大学张大师的弟子，咨询费每小时 200 元呢。我正在他的指导下对人生进行一番检讨梳理。"很日式的腔调。

众人又是一阵轻笑。

那位执着的朋友还想发问，我抢先了一步："博士知道 1949 年诺贝尔医学奖的得主是谁吗？"

博士很诚实地回答："不知道。"

"没关系。那你知道沃尔特·弗里曼吗？就是开着一辆改装大巴环游美国，用冰刀给人做大脑额叶切除手术的那个美国医生。"

"不清楚。"博士的方形身躯在竹椅上轻微的扭动。

"那肯定你也不晓得他一辈子做了 3000 多例这种手术吧，比一般的白内障手术还轻松。"

博士没有说话。

"沃尔姆塞尔也许博士知道，他是精神分析专家。他给一个病人做了 1100 次精神分析，时间长达 11 年之久，结果非常成功，那个病人终于从桥上跳下去自杀了。"

博士站起来，向我们表示歉意："不好意思，还有工作要做，先走了。"

他一离开，熟人就怪罪我："你对博士说这些干嘛?"

我说："没什么，只是提醒他把裤子穿周正而已。"熟人不解，也转身离去。

一下子清静，反而觉得无聊。我解嘲地问还在座的朋友们还记得张枣吗，那个喜欢写梦的诗人。他有一首诗是这样写的：

"我要衔接过去一个人的梦

纷纷雨滴同享的一朵闲云

宫殿春夜般生，酒沫鱼样跃

让那个对饮的，也举落我的手

我的手扪脉，空亭吐纳云雾

我的梦正梦见另一个梦呢"

——《楚王梦雨》

朋友们哂笑道，谁陪你抒情啊? 回家做梦去吧。

我也大笑说，散啦散啦。

棺材里有人了

　　伊夫林·沃的名著《旧地重游》出了新版，实在算是一件不小的喜事。当年此书在英语世界一纸风行，印数超过了《飘》。国内20年前、10年前均有出版，加上此次新版，译者都是一个人，赵隆勷（音"瓤"）。我本想首先赞美赵先生的译笔，但是后来却觉得首先应该要赞美的是新版的装帧。要知道，除了那可憎的腰封，新版《旧地重游》的设计的确出众，尤其是在译林版图书普遍恶心的装帧设计的基础之上。我手边就放着译林出版的伊夫林·沃的另一本小说《衰落》，那设计，那气质，那范儿，真不靠谱。

　　没有读过伊夫林·沃的原文，但读完赵隆勷的译本就被其中的文笔所吸引，甚至觉得它本就是一部中文小说。

　　《旧地重游》没讲多少曲折的故事，它由二战期间一个中年上尉的几段回忆组成："我"，一个家境殷实的年轻人查尔斯，在牛津读书时与贵族青年塞巴斯蒂安结下深厚情谊，后来又认识了贵族朋友的父母、兄长和姊妹。就在"我"渐渐融入这个贵族家庭的生活时，却目睹了整个家庭无可挽回的崩溃。在命运与时代的交织作用下，出走、离异、酗酒、战争、死亡以及荒芜，就像"我"所看到的那样，宛如一场雪崩，将那过去的一切美好扫荡干净，连最后的回声也消失在一片白茫茫中。

可以这么说，"我"就是作家的某个化身，沃以查尔斯的爱怜目光，满怀怅惘地为那个逝去的时代和逝去的人献上了一首挽歌。

对于大多数读者来说，尤其是今天的读者，《旧地重游》描绘的其实是一个陌生的、不合时宜的、于今毫无关联的世界。谁还会关心中产阶级对贵族生活的倾慕、对暴发户的鄙夷以及天主教的信仰？谁会在乎打猎时的着装以及庄园里是否有中国式的屏风？不客气地讲，伊夫林·沃所追思的时代并不美好，反倒可笑。他在小说修订本的后记中自嘲，说《旧地重游》有点像是对一具空棺材所作的颂歌。意思是他原本痛挽的时代没有过去，历史的遗存保留得相当完好。可到现在我想，那棺材里早有人了。

可是非常奇怪的是，即便是理智如我者，也会爱上小说中的那些人物：十八九岁还爱与玩具熊说话的塞巴斯蒂安，对自己既爱惜又冷漠的朱莉娅，还有那个其貌不扬的小妹妹，热忱的教徒和战地护士科迪莉亚，等等。我仔细思考究竟是作家的那一种才华吸引了我，思来想去，唯"用情至深"四字可当。

对过去岁月的悼挽容易流于肤浅，也极有可能显得造作。伊夫林·沃同样面临如此危险。鉴于作家一向对华丽辞藻与矫揉造作的偏好（更可怕的是上世纪30年代他仍用鹅毛笔写作），事实上，小说中有好几处已经沾染上了矫情的菌斑，但终究无伤大雅。他曾经在小说中嚷嚷："青春的柔情啊——它是何等的非凡，何等的完美！又何其迅速、不可挽回地失去了它！"但这类表达并不多见。更多的时候作家克制而隐忍，反而使得那痛惜过往的笔触深入内心，真挚而感人。

读《旧地重游》，感觉伊夫林·沃像一个技艺精湛的银匠，在玩了一辈子的花活儿后，将自己家传的银器拿到灯下，仔细地摩挲，小心地擦拭，深情地端详，然后怀抱着它在回忆中沉沉睡去，并不知道明日就有债主来夺那宝贝——读者在暗处知悉了秘密，然而一切无可挽回了。

文学的自恋观

据说自恋是人类的一种本能，更是现代社会的重要特征。不过，这个判断尚有商榷的余地。假如像心理学家定义的那样，自恋是对自我的过度关注，其原因是利比多"自我投资"所造成的状态，抑或就是利比多本身，那我们没什么好谈的。既然它是本能，是原生的东西，我们能拿它怎么办？我们只能眼睁睁地看着自己，像希腊神话中的纳喀索斯那样爱上水中的倒影，从出生消磨到死亡。

然而长远来看，极端的自恋并不多见，多数人懂得如何克制这种本能。毕竟在艰难的尘世里，放纵它会面临生存的危险。反倒是另一类自恋较为习见。这类自恋本质上仍是对自我的过度关注，但是自恋者无法自足——纳喀索斯只需要一汪清水即可，他不行。他的自恋必须依靠别人的认同或赞许才能实现。换句话说，他得仰赖一种"同是天涯沦落人"的情境，借他人酒杯，浇自家块垒。

可见，依赖性的自恋是次生的，表演性质的，或者说文化的、社会的。与原生的自恋本能相比，这才是我们可以谈论的"自恋"。

自恋是表演，表演未必是自恋。所谓人生如戏，但它不能是独角戏。就像社会学家戈夫曼（E. Goffman）说的那样，从修辞的角度讲，每个人的生活都是表演。可是，如果演员与观众在互动中不能达成"临时妥协"，或者说双方没有默契，就会出现穿帮露馅等"表演崩溃"的事件。（《日常生活的自我呈现》，北京大学出版社）而自恋，我觉得恰是表演崩溃的主要形式之一。

戈夫曼在书中转引了一篇小说的章节来说明什么叫自恋：在西班牙某个人满为患的度假海滩上，一个英国佬通过目空一切的神情、典雅的荷马著作、伸展的结实身躯、优雅多变的泳姿等一系列举动，向周围传达大量有关自我的信息，并自以为这些信息能够准确地被他人接收和理解。这些信息包括高雅、温和、明白事理、健康、勇敢、无忧无虑等等。问题是，他全然没有考虑海滩上那些陌生人是否接收得到，能否理解得了那些信息。

对于这场细微而缓慢的表演崩溃，作家的讥讽很精彩，可惜小说的篇幅较长，不便整段引用。经典的反例来自白居易的《琵琶行》。很明显，诗人的重点同样是展示自我，但更准确的说，他是通过理解他人的方式来关注自我，并且做得非常成功。他没有站到前台去表演，而是营造出了一个小型剧场的环境。在这个剧场里，浔阳江上的琵琶女唱主角，诗人与读者同在一条船上，俨然只是前后排观众的区别。这当然是高超的诗艺，却是建立在一种将心比心的情感基础上的技巧。从诗人的作品中，你读不到自恋，却能读到他对自我的理解，并唤起我们人同此心的感伤。

无论理解他人还是自我，都是知易行难的事情，在我看来越来越难。当谈到"感伤"这个词儿时，伯林就注意到，过去很多作家的内心世界与外部世界统一而融贯，不大关心什么"自我"。古典的如荷马、埃斯库罗斯，文艺复兴时期的莎士比亚、塞万提斯，都是如此。另外有一些作家发现了内心世界与外部世界的裂痕，慢慢有了自我意识。比如欧里庇得斯、维吉尔、贺拉斯等人。他们的作品具有怀旧、忧伤、幻想、浪漫等特点，即是自我意识的证据——伯林称之为感伤。（《反潮流》，译林出版社）可是到了已经"祛魅"（disenchantment）的现代，人们不得不依照个人主义的原则各行其是。一旦"自我"成了评判一切的终极法官，相互理解就出现巨大的困难。试图描述这一现代困境的作家，诸如卢梭、拜伦、陀思妥耶夫斯基、福楼拜、马克思、尼采等人，他们展示了现代人愤怒、反叛、颠覆、牺牲的"自我"。但更多的人则放弃了理解的努力，企望通过征服和控制他人的方式来塑造自我。如此，自恋就成了"现代人所共知的神经质"。

　　这话听起来费解，不如举一段精妙文字来得生动。在胡兰成回忆五四时期的一篇文章中，他写自己的朋友刘朝阳来到杭州，住在一家小旅馆。接下来他描述道："房里只有板壁、床与桌椅。板壁上日光一点，静得像贴上金色。床上枕被，因为简单，因为年轻，早晨醒来自己闻闻有一股清香。桌上放着一部古版的《庄子》，一堆新上市的枇杷。"（《山河岁月》，广西人民出版社）表面上看，胡兰成遵循着通过理解他人来展示自我的传统方式——借写朋友的清简，实写自己的恬淡。可惜他造作得太过火了——桌子上《庄子》和枇杷的精致"摆放"就不说了，朋友的体臭是否清香扑鼻，是否清晨醒来自己要闻一闻，实在是神鬼不知的事情，偏偏胡兰成以李代桃僵之术做到了。照我看来，这不仅是表演崩溃，更是对读者的不负责任。

　　用查尔斯·泰勒的话讲，自恋的一大特点就是将自我实现作为生活的主要价值，并且似乎很少承认外部道德要求和对他人的严肃承诺。（《现代性的隐忧》，中央编译出版社）胡兰成的文字为这个观点提供了有力的证据。

　　从文学现象的角度看，自恋早已洪水泛滥。就像克里斯托弗·拉什（Christopher Lasch）所说，每个时代都有自己的心理疾患，我们这个时代的病症就是集体自恋。（《自恋主义文化》，上海文化出版社）看看我们周围，粉饰自我的大有人在。50 出头就埋首编撰自己的文学年谱，谈起过去的劣迹偏俨如英雄，美化 80 年代的风光，丑化今天的对手，身后的毁誉太过虚妄，一切都要马上兑现！

诗人在春天

几天前参加了一场名为"诗人的春天"的中法诗会。在这个季节里，中法诗人们的相聚颇有意味。可惜的是，本由法国驻华使馆组织的诗会，却因承办方的问题，显得拖沓杂乱。诗会从下午一直延续到晚上，诗人的双语朗诵交流才正式开始。诗人尚未上台，承办商、赞助商、与会各机构对自己的长篇歌颂已让大家情绪低落。台下，何小竹轻声对我说："诗人就像这会场里的彩色气球。"法国请了本国演员来朗诵雅克·达拉斯的作品，而中国诗人自己上台朗诵则让主持人有些惭愧。他竟然说："希望我们的诗人以后也能请中国演员来朗诵。"搞得诗人们面面相觑。不等诗会结束，我们和柏桦就一起打车离开了。

不过那天的诗会也非毫无乐趣，大家权当是一次难得的大聚会，晒晒太阳，看看四周的花草，正在结实的樱桃。难得见到柏桦、韩东，更难得的是见到了小安。她的诗歌看似干净自在，却让人心隐隐作痛。上一次见到她，是三年前的白夜诗会。如今能坐在石榴树下一起喝茶聊天，当然高兴。说话间，小安吐了一个烟圈，扬了扬下颌，说："我们那儿的环境比这儿还舒服，"她仍在精神病院做护士，"病人们现在过得好哦，结果好像我才是病人。"大家都笑。

我记得小安只出过一本诗集，叫《种烟叶的女人》。那已是六年前。有一首诗是这样写的："你要做站在云上的那一个人/站在太阳和月亮之间/做最明亮的那一个人/你要做浑身爬满雨水的鸟/你说雨啊/落在我头上更多些/你要做一回松树/再做一回银杏/蚂蚁和鱼都在地上爬/你要做抓着花瓣的那一只手/你要彻底消磨一整天/做那个最懒散的人/"（《站高一些》）她对医院的描述让我想起洛威尔、普拉斯和塞克斯顿在麦克连（McLean，《雅致的精神病院》）的故事。在我看来，自白派诗歌因为过分强调内心与现实的割裂，反而与现实发生强烈的胶着，有如沥青一般。而小安多了一份浑然不觉的轻松，不觉得内心与现实的割裂，也不觉得身份与身份之间的转换有多么困难，反倒使自己的诗进入更高妙的境界。遗憾的是，评论家往往出于智性上的懒惰，将小安置于"非非主义"的序列中进行讨论，这无疑是不公平的。当然，小安自己仍然浑然不觉，乐于处在这样的边缘。

由小安再想到这次诗会。本应是诗人的活动，为什么主角却另有其人？连自己上台朗诵也被人质疑？诗人为什么情愿处在任何事情的边缘？一时间得不出答案。

还记得当阳光西斜，茶水寡淡，有朋友去会场外买了些熟食卤肉回来。饥肠辘辘的诗人们围了过来，在春天。

病红楼

新版电视剧《红楼梦》据说年中上市，对此我谈不上多少兴趣。自从新版人物造型出炉，有人就把剧目改成了《红雷梦》。我虽觉得"雷"字用得太滥过俗，但不得不承认，就那数张莫名的剧照而言，这评价相当妥帖。可是你想想，旧版《红楼梦》的艺术顾问是谁？王朝闻、沈从文、曹禺、启功、周汝昌、杨宪益等。新版的呢？名单记不住，所以，千万别较真。

然后就看见新剧组的人出来四处广告了，说旧版红楼虽然精美，我们的新版那可是"精美绝伦"。我当然秉持不当真的原则未予理会，直到有一天凑巧看见电视里重播《红楼梦》才明白，人家说出"绝伦"二字并非仅仅出于勇气。

电视上播放的正是书中《寿怡红群芳开夜宴》那一回。待查夜的林之孝家的教训完了，一转身，宝玉就四处张罗着要在怡红院里搞派对。先是跟芳官、晴雯一并丫头划拳斗酒，兴致愈发高昂，邀来群芳齐聚。黛玉、宝钗、湘云、探春、李纨、香菱等等，围桌而坐，摇签筒掷骰子唱曲儿占花名，好不热闹。镜头一摇，恰是湘云抽到"香梦沉酣"四字。当黛玉打趣她醉卧海棠之事，引得众人大笑，我才觉得画面有些不美好。联想到先前湘云在酒席上以鸭头取笑丫头一节，再一琢磨，发现问题多出在众人的牙齿上。寻常举止看不出来，大家张嘴一笑，毛病全暴露了。

怎么会这样？年岁稍长的人都知道，四环素害的。上世纪六七十年代，作为消炎的首选药，四环素广泛运用于临床。结果就如电视上所见，到了八十年代，吃四环素成长起来的一代人让红楼人物患上了时代病。

这可不是什么隐喻，而是真正的时代病。其实，哪是牙齿色泽暗黄釉质受损那么简单，如果能有某种方法让我们去透视宝黛们的骨骼，我们将会看到，由于服用四环素，他们的骨骼发育迟缓甚至过早停滞，表面同样色素沉积。

然而如今有多少人会关注这一事实呢？掐指算来，"四环素一代"的年龄现在大约在 45 岁左右，他们的身体与之前的知青一代，与之后的改革一代有什么区别？不知道这算不算一个被人遗忘的有趣问题。回想自己的阅读经验（当然很有限），好像真没有。关于中国人的身体叙事，孔飞力的《叫魂》中有所涉及。较近的则是杨念群的《再造"病人"》。但是他们的著作都各有侧重，处理的是皇权与社会、中医与西医这类大问题，没有具体而微地去关注"身体"，或者用历史的眼光去观察"时代之病"。

在前不久出版的《观念史研究》（法律出版社）里，金观涛和刘青峰引入了一种思想史研究的新方法。那就是利用电脑数据库，使用统计学的手段来研究中国现代政治术语的形成过程。这给人一个启示：是不是也可以用同样的办法来研究中国人的身体呢？除了四环素，血吸虫、肺结核，还有现在触目惊心的矽肺病，在这方面实际上有更现成的资料和数据可资利用，毕竟我们的医疗实践、公共卫生系统和医学统计学，特别是我们的现实都不是一张白纸。

当然，所谓时代之病，往往不过是后人回望的结果以及反思，当时当刻谁又能了然于胸呢？我想起上世纪 20 年代的诗句："一枝枝的烟筒都开着了朵黑色的牡丹呀！/哦哦，20 世纪的名花！"（《笔立山头展望》）郭沫若所抒发的激情是何等阳光，何等惠特曼啊。他哪里知道，有那么一天，曹雪芹笔下的人物竟会"满口雌黄"呢？

文学跑题

　　听一个影视行当的"金牌"编剧讲："只有傻瓜才会去改编《红楼梦》。"大概意思的话王朔也说过。王朔曾经想写本与《红楼梦》一争高低的书，至今还没成功，但他的确特别崇拜《红楼梦》。不过那个编剧讲得很实在，也并非想学王朔，他只是从多年影视创作的经验得出了这个结论。

　　一流的文学作品要拍出一流的电影电视很难，基本上不可能。这一点似乎无须证明。相反，二流的小说倒常常拍出一流的影视作品。比如《肖申克的救赎》，那是一部激动人心的电影，可是老实讲史蒂芬·金的原著真是不怎么样。像同年挤掉《肖申克的救赎》拿到奥斯卡小金人的《阿甘正传》，其原著在当时也被批得体无完肤。一个评论家说，在温斯顿·格鲁姆（Winston Groom）的小说里，阿甘不过是一个讽刺卡通，"当小说企图以人性的悲剧来感动我们时，就开始荒腔走板了"。这话要是让阿甘的观众们听见还不恼死？国内的作品，像路遥的《平凡的世界》算得上杰作，可是一到电视剧中就立刻连跌数级，相当不堪。当一个白白净净的卷发"孙少平"出现在电视里，你必会为逝去的路遥不值。

将影视转换成文字则是时下流行的营销方式，国内好多电视剧都和小说套着发行。我曾经翻过几本，那叫小说真是难为了汉字。我也读过岩井俊二的小说《情书》，和他的同名电影相比，怎一个烂字了得。

文学与影视的艰难转换大概是彼此不同的性质所决定的。前者与读者的共鸣靠的是想象力，而后者更强调观众的感受力，二者没有高下之分，却有天壤之别。也许，二流小说有某些恰好符合影视要求的要素亦未可知。比如节奏，比如单纯，再比如通俗。

毛姆的小说是比较通俗的。可前不久上映的电影《面纱》改编自他的同名小说，照样一塌糊涂。用"改编"二字简直是高抬了编剧，毋宁说那是彻头彻尾的"阉割"。在电影里，"面纱"之后是俗套的爱情故事。而在毛姆那里，揭开"面纱"，本是为了暴露中产阶级的虚荣以及宗教的虚伪。

讲到毛姆的例子，似乎已经跑了题，那就干脆跑远点。好小说不适合改编成电影电视，好的小说家最好也要远离荧屏。把当下炒得最热的国内小说排排序，我觉得李锐的小说《太平风物》倒是很值得改编成影视。如果能上中央电视台的《今日说法》，做成一系列栏目剧，天天播，年年放，铸成一口警世钟，说不定能为降低犯罪率做出一些贡献呢。

　　说到底，我在这里讨论文学与影视之间的转换多少有些抒情了。

文学的势利观

擅长细致观察的女人总是让男人不安。席勒在给歌德的信中这样评价特别长于观察的德·斯达尔夫人："她想要解释、理解和衡量一切事物，她拒绝接受一切模糊不清、不可理解的东西。对她来说，任何事物只要不能被她的火炬照亮，那就是不存在的。"席勒给这位夫人下的结论是："对于我们称之为诗歌的东西，她甚至连一点起码的感觉也没有。"

如此评论女人是过于粗鲁了，放在当下更是政治不正确。不过如果将席勒的评论对象转换为另外的事物，却令我有一番别样的认识。

所谓模糊不清的东西，很难加以不那么模糊的定义。清少纳言曾经列过一个给她带来模糊感觉的事物清单：老鼠窝、早上起来迟迟不洗手的人、白色的痰、吸着鼻涕走路的小孩、盛油的瓶子、小麻雀、大热天长久不曾洗澡的人、旧敝的衣服……我想，这些东西一定触碰到她内心的某个界线，让她感到不安。在那个界线的里面，定然包裹着某个核心。一旦它受到损害，后果是相当严重的，甚至让文学意义上的清少纳言不复存在。

我曾经想用"洁癖"来形容清少纳言式的文学观，却有人一语道破了实质："清少纳言是一个势利的人。"（《阅读日记》，阿尔维托·曼古埃尔）的确，唯有势利二字，才能比较准确地把握清少纳言。其实，席勒对那位特别长于观察的德·斯达尔夫人的评语里面，不也隐含着这个意思吗？"拒绝接受一切模糊不清、不可理解的东西"，这种对复杂的世界、复杂的人类情感的拒斥，正是势利的内在含义。

作为日本文学的源头之一，这位平安王朝宫廷女官的势利是否已融入日本人的血脉？答案也有人早已给出。1959 年，哲学家科耶夫在访问日本后就断定，日本社会展示了另一种世界历史的选择，一种甚至可以超越美国生活方式的选择。这是因为日本人为人类发明了一种民主的势利观（snobbism）。这是一种肤浅的民主化与美国化的混合体。在这种观念下，武士道传统得以彻底地去政治化，日本人在茶道、俳句、剑道等各种"高贵而优美"的事物营构的精致美学中嬉戏，同时不妨碍现代技术对社会生活的全面渗透，也不妨碍官僚体制有条不紊地运行。

到了 1968 年，再度访问日本的科耶夫发现民主的势利观已经结出了"丰硕的果实"。在随后的演讲中他说:"日本是唯利是图的象征。800万日本人就是800万势利小人。"

并非只有日本才有势利小人。在我的经验范围内,800万恐怕是个小数目。势利的美国人口中常常用"loser(失败者)"互相谩骂,我也看见不少在美国混过几年的中国人用"loser"指代乞丐、流浪汉、没有晚礼服的作家、40岁还单身的女人和娶了相貌丑陋的亚裔女子为妻的白人老年男子。不久前,某商人对导演贾樟柯的指责,就可以视为中国式势利观的典型。但是,除了日本,在包括中国在内的其他国家的文学传统中,势利从未曾取得正当的地位。所以,我们能看到《汤姆·索亚历险记》,能看到《笑面人》《雾都孤儿》《阿Q正传》《许三观卖血记》,一直到最近的《船讯》。那些卑微的、始终要面对一切模糊不清、不可理解之命运的小人物,仍然是文学的主角。

可是,文学始终面临着势利的侵袭。与那些令她烦扰的事物相对,清少纳言曾经将"优美的事物"列了一个清单:瘦长而潇洒的贵公子穿着直衣的身段;可爱的童女,特地不穿那裙子,只穿了一件开缝很多的汗衫,挂着香袋,带子拖得长长的,在勾栏旁边,用扇子遮住脸站着的样子;年轻貌美的女人,将夏天的帷帐下端搭在帐竿上,穿着白绫单衣,外罩浅蓝的薄罗衣,在那里习字……丝弦装订得很好看的薄纸本子、长须笼里插着五叶的松树……"在勾栏旁，有很可爱的猫，带着红脖绳，挂有白色铭牌，拖着索子，且走且玩耍，也是很优美的"。细心的读者不妨把这些文字与安妮宝贝的《莲花》做个比较，后者那种"白色亚麻衬衣"在门缝里转瞬即逝的调子不是也很"优美"么？

外省习气

　　法国人可以分为两种，一种叫巴黎人，一种叫外省人（province）。这还是略显客观的分类。换作一个老巴黎人，多半会轻蔑地说："出了巴黎就是沙漠"。托克维尔在他的著作《旧制度与大革命》中曾经分析过法国这种奇特的割裂现象。他说，像伦敦、纽约这样的大城市，人口和巴黎差不多，但很难想象它们足以决定大不列颠或美利坚的命运。而巴黎呢？以前它是法国最大的城市，到了 1789 年，它却一跃成为法国本身。实因为巴黎抽走了大部分法国的显贵、商人以及才智之士，帝国的菁华尽被吸取。同时，法国地方上的自由权利不断消失，独立生活的特征也已停止，不同省份的面貌特征渐趋混淆，"旧有的公共生活的最后痕迹正被磨去"，最终导致"巴黎吞噬了外省"。

　　一位旅行家在攻克巴士底狱之前离开巴黎去各地游历。他发现各个城市都群情激愤，却没有采取任何行动。偶有集会，也是为了听取来自巴黎的消息。旅行家每到一个城市都询问市民打算做什么？得到的回答一模一样："我们只不过是一个外省城市。"

巴尔扎克在《人间喜剧》里写道："外省就是外省，巴黎就是巴黎"，其态度甚为模糊。不像帕斯卡，他在《致外省人信札》里设计的那个通信对象倒是一个淳朴热情、对世事知之甚少却充满好奇的"外省人"。

有意思的是，这个法国人的专用词所对应的中文竟是乾隆帝尤好使用的。在他斥骂臣子的朱批里面，"外省习气""外省恶习""外省模棱之风"等词句几乎成了习惯用语。比如他在一个大臣的奏折上批注道："平日尚属实心办事之人，不意其亦染外省模棱恶习。"对另一个大臣，他则如此叹息："汝在刑部，表现出色。然一任外省，即染模棱腐败之陋习，殊堪痛恨。"所谓"外省习气"，在乾隆心目中之不堪，恐怕连巴黎人也难以理解。——我的一个朋友在北京的时候，一个办暂住证的大妈很惋惜地对他说："多好的青年啊，可惜不是北京人。"那位大妈估计理解。

孙隆基的《中国文化的深层结构》在整体上显得粗率，他说在甲骨文字形中，"京"与"高"相通，有着高于一切地方的意思，而中国有"重京师而抑郡国"的大传统，这似乎不能完全解释所谓"外省"的内在含义。不过他举的例子很有趣。他发现上世纪 80 年代的大陆城市在市政规划上基本雷同，可以说是整齐划一。只有一个例外，就是上海。因此长期以来上海就成为一个被压制的对象，以使其俯身于首都之下。将孙隆基看到的情形与托克维尔笔下的法国比照，就会发现一些有趣的事实。巴黎吞噬外省，是因为法国地方独特性的消失。而中国各城市以及城市居民的矮化和自我矮化，可能不乏类似的原因——去任何一个城市都可以看到，建筑、雕塑、广场乃至城市格局，都是对大城市的模仿。而大城市呢？毫无疑问地模仿着北京的格局。

地方独特性的消失，大概是"外省"受到轻视的原因。至于"外省习气"，倒像是一种不易压制的顽强的精神——被乾隆爷深恶痛绝的东西，无论如何，肯定是有趣的。

八卦东南飞

　　一个普通读者没有一点八卦精神是不行的。白日里工作够严肃紧张的，回到家中读读书还得紧锁眉头那就无趣了。如果书里书外有些隐秘线头让你捕风捉影，如此读书岂非乐事？

　　就拿葛兆光的书来说吧。我就很奇怪，他毕业于北京大学，后来任教于清华大学，在中国思想史领域成就斐然，为什么清华大学出版社很少出版他的主要著述？为什么北京大学出版社很少出版他的著述？作为一个八卦的读者，当然不能要求我对此有什么翔实的考据。但就我所知，除了《屈服史及其他》《中国禅思想史》外，葛兆光的主要著述大多没有在北京而是在上海出版，这实在是一个很八卦的疑问。随便列一下大家就明白了：《古代中国文化讲义》由上海复旦大学出版，《天下、中国与四夷》由上海远东出版社出版，《禅宗与中国文化》《道教与中国文化》由上海人民出版社出版，《中国经典十种》由上海书店出版社出版……葛兆光最有影响的著作《中国思想史》也是在复旦而非清华或北大出版。上海成为葛兆光的"出版基地",除开他本生于上海的原因,还有没有其他的秘密呢?

我刚刚开始八卦探秘,就传出葛兆光就任复旦大学文史研究院首任院长的消息。令人感慨的是,葛兆光为何舍燕园而就复旦,向来八卦的媒体竟然对此毫无反应,奇怪也哉。

在《思想史研究课堂讲录》的自序中,身在清华的葛兆光说他对清华文科硕士生、博士生课程的薄弱状况有些了解,"也深深地为现在历史理论贫乏和研究方法单一而焦虑",希望自己的课程能对这种状况有所匡救。那是三年前所写的内容,应该也是葛兆光三年前的愿望,为什么短短三年变化如此之大呢?

不由得想起陈嘉映离开北大受聘于上海华东师大的旧事来。陈嘉映的东南飞,据说与他不符合北大某些规章制度、因而无法提为正教授、不能指导博士生有关。我更想到更早之前,因为博士生没有在所谓核心刊物发表论文被学位委员会拒授学位,邓晓芒愤然提出辞去博导的事情。但当时尚有赵汀阳、陈嘉映力挺邓晓芒,朱青生致函北大校长要求强留陈嘉映所激起的波澜,而今葛兆光之事如此清冷,奇哉怪也。

之前我曾听人说起北大清华里的"校园生态",其复杂程度不亚于热带丛林。葛兆光不能留北大而去清华,陈嘉映不能留北大而到华东，大概与不适应丛林规则有关。当然，中国学术界的水深不可测，已经超出了一个读者的八卦能力，姑妄听之。

记得朱青生在建议北大校长挽留陈嘉映的信中是这样写的："慰留不成挽留之，挽留不成强留之，强留不成，负荆天下。"八卦至此，唯有感动。

风雅的捷径

首先我得承认，我是一个附庸风雅的人。风雅往往不可企及，于是附庸风雅就成了风雅本身。这并非一件令人难堪的事。起码从我三十年来长期附庸风雅的个人经验来讲，利大于弊。并且，我觉得我个人的经验有必要和大家分享，毕竟，风雅是值得附庸的。

在我看来，风雅是一种评价。一个人躲起来喝闷酒可能很傻，但是如果另有一个人闯进门来看见你在独自喝酒，那么你的行为立马就能和风雅沾上边。当然，这是一个笨办法，而且重复使用的话，评价就可能不是风雅而是脂肪肝了。同样道理，一个人踏雪寻梅本只关个人情趣，但是若没有人知道你的这个行为，那么这个行为便不能叫做风雅，只能称为衣锦夜行。可见，风雅者必须具备暴露狂的某些素质。

当然，风雅毕竟不等同于暴露。自暴其短只需要低于60的智商，而所谓风雅，显然不仅仅需要智商，还需要一些技巧。就我的经验而言，高妙的谈吐常常可以换取风雅的评价，而非同一般的谈资通常都来自于书本。所以，与人谈论书是通往风雅的捷径。可是，并不是所有的读书人都能成为风雅之士，相反，倒有不少读书人成了言辞乏味的道德家和满脑糨糊的书呆子。他们不知道哪些书才是值得谈论的。

不合时宜地谈吐也会得到别人的关注，但那只是笑柄。所以我认为风雅还具有某种时尚的特质。但是把风雅和时尚等同起来却是一个严重的错误。这让我想起我认识的一个记者，为了加入一家财经类报社，用了两个月恶补张五常的《经济常识》，哪晓得时过境迁，当他在报社的招聘处滔滔不绝地谈论博弈论时，换来的只是别人眼中充满的怜悯。

有必要向所有附庸风雅者提几点忠告。第一，绝对不要谈论中国文学，尤其是当代文学。当你对身体写作发表意见的时候，你要考虑会不会被人当作器官走私者？第二，不要谈论科技和经济。大众传媒如此普及，连三轮车夫也能就土星探测以及软着陆发表看法，你又有何风雅可言呢？第三，不要谈论流行音乐。这一点，我的一个朋友深有体会。尽管人到中年的他自认为很能把握时代脉搏，还能轻松地吟唱朴树的《生如夏花》，但是还是被他七岁的儿子轻蔑地称为"老土"：他的儿子喜欢林俊杰已经快疯了。

那么什么样的话题可以谈呢？这里我向大家推荐几本书。我想，这些书足以把人提升到接近风雅的境界。

《发达资本主义时代的抒情诗人》——有人说，远方的诗人是一个传奇，隔壁的诗人则是一个笑话。只要熟读本雅明的这本书，我相信你和传奇之间将会产生一种隐秘的联系。

《扎根》——注意，这本《扎根》不是作家韩东的那本长篇小说，而是一个被评为"心灵远远高于才能"（爱略特语）的法国疯女人在1943年写的一本书。而韩东把他的小说题为《扎根》，正有向这个疯女人致敬的意思。他把她的《扎根》称作"他的《圣经》"。

《20世纪的书》——这是《纽约时报书评》的精选集。此书实在是附庸风雅者必看的基础书。要反复读，直到可以把其中每一篇评论化作自己的语言为止。

《多重立场》——德里达著。解构主义哲学虽然人人都搞不懂，但是其中一些基本观点还是要常常拿出来唬人的。所以这本小册子一定要看。

《通往奴役之路》——哈耶克著。一个人的姿态太重要啦。我认为，一个人的姿态决定一切。哈耶克的东西就是让你的姿态很正确。

《杜尚访谈录》——怎么样才可以让愤世嫉俗和风雅挂上钩呢？这是一本让人学习其中技巧的书。

还有几本书也应该看看，比如伯林的《反潮流》、斯特劳斯的《忧郁的热带》、萨义德的《文化与帝国主义》以及《知识分子论》。

以上所列的书单并非权威之选，而是我的个人体会。如果你有更好的点子，不妨告诉我一声。咱们共同进步，如何？

房子和妖术

在中国人的传统心理中，头发无疑与精魄有着密不可分的联系，而辫子在清帝国的政治含义则更加确切，甚至有些血腥。所以孔飞力（Alden Kuhn）在《叫魂》里描述一场乾隆治下发生的全国"妖术"大恐慌时，自始至终围绕着那些扑朔迷离的"剪辫案"展开。可是他还是忍不住对辫子之外的一种重要事物发表了意见，那就是房子。因为在中国人看来，房子和辫子同样是别有用心的人施展妖术的主要对象——本清代很流行的木工书《鲁班经》就是明证。在那本书中，记载的不仅是房子营造方法和礼仪，也包含着各式各样恶毒的妖术。例如在房子正中埋入一块牛骨：房屋中间藏牛骨，终朝辛苦忙碌碌，老来身死没棺材，后代儿孙压肩肉。又比如在房屋正梁接缝的地方藏入一片烂瓦或者断锯：一幅破瓦一断锯，藏在梁头合缝处，夫丧妻嫁子抛谁，奴役逃亡无处置。

当然，《鲁班经》也为担心妖术的房子主人提供应对的法术，比如在房子合梁的时候奉上牺牲祭告诸神，关键是将鲁班先师的密符念咒一番，所谓：恶匠无知，蛊毒厌魅，自作自当，主人无伤。暗诵七遍，本匠遭殃，吾奉太上老君敕令，他作吾无妨，百物化吉祥。

　　作为人的创造物，房子的本质就像亚里士多德所说，只是一件抵挡风雨的遮蔽物。然而围绕着房子施行的那些妖术和法术却透露出中国人不同一般的长久的焦虑。由此我想到余英时在他的博士论文《东汉生死观》里讲到一块汉碑上镌刻的故事：东汉时期一个名叫唐公房的小吏因为冒犯上司获罪，一家老小服下仙药白日飞升。这个故事与西汉时淮南王刘安"一人得道，鸡犬升天"的传说类似，只不过一个是小吏，一个是王公。余先生想藉此说明东汉时期求仙成仙、进而得道升天的法门已经不再是上层人士的"专利"，而化为寻常百姓的世俗观念。不过我更感兴趣的是唐公房故事的细节。这个小公务员向真人求得仙药给家人一起服下，然后真人说："可去矣！"意思是可以升天啦。不料唐公房的妻儿都不愿意离家，真人善解人意，问他们："岂欲得家俱去乎？"妻儿回答："固所愿也。"于是真人将仙药喂了鸡犬牛马，还把药涂满屋梁房柱。一阵狂风过后，唐公房全家，连带禽畜都不见了。最好玩的是，唐家的房子也不见了踪影——中国人对于房子的情愫真是深切而古怪。

　　当年贝聿铭设计的中银大厦引发的风水大战，与唐公房的故事没有什么本质上的区别。无论是汇丰银行架起的四门大炮，还是港督府门前移种的六棵杨柳，所凭借的力量和所对抗的目标，都只可能是中国人对房子怀有的奇特情愫。

如果看清了这一点，再来看看我们这些年对房子产生的不可遏制的欲求，难道不是被类似妖术的东西撺掇起来的吗？

文学的虚荣观

2000 年布克奖得主玛格丽特·艾特伍德（Margaret Atwood）因小说《可以吃的女人》和《盲刺客》颇孚盛名。她在《与死者协商》中谈论当代作家为何写作时，一口气列出了近 50 种理由，却独独回避了"虚荣"这个词，这让我总想说点什么。

虚荣曾经是最难以消除的人性弱点，对于作家来说尤是。勃朗宁夫人在她的诗中将诗人比喻为河边的芦苇，偶然被牧神潘恩拔起，掏空，刻出洞孔，做成一支可以吹奏出美妙音韵的芦笛。命中注定，这根芦苇超越其他芦苇成为艺术神器，但也永远失去了"与其他芦苇一起摇曳"的俗世生活。我想多少年来作家们正是如此自许，也是如此自怜的。可按照某种世俗观念，这无疑是一种要不得的虚荣。

《圣经》里说，上帝创造世界是为了荣耀自己。设若在上帝之前，世界并不存在，上帝的荣耀无人关注，那么祂哪里来的创造冲动呢？这是一个问题。在莱·柯拉柯夫斯基（Leszek Kolakowski）看来，上帝的荣耀无疑也是虚假的，是虚荣。他的结论是："些微的虚荣就足以在上帝心里引发出创造世界的欲望。"（《关于来洛尼亚王国的十三个童话故事》）可见，虚荣虽非值得赞美的动机，但上帝的创造有赖于此。

当我读到"些微的虚荣就足以在上帝心里引发出创造世界的欲望"这句话时，我心里出现的不是耶和华，而是托尔斯泰。毫无疑问，托尔斯泰的内心缠斗最能体现作家与虚荣之间的关系。尽管到处都充斥着关于虚荣的议论，但并不妨碍托尔斯泰耗费大量的篇幅在小说中书写虚荣无比的自传，奇妙的是，也不妨碍《战争与和平》《安娜·卡列尼娜》成为公认的经典。劳伦斯曾经怒不可遏地谴责老托尔斯泰在《安娜·卡列尼娜》里有关虚荣的说教是"在火焰上撒尿"，但他也写道："读一读《安娜·卡列尼娜》——已经读过也不要紧，再读一遍。如果你敢不喜欢，那我就要诅咒了。"

我不由得寻思，虚荣究竟算不算作家的人性弱点呢？莫非，虚荣就是作家的本性？列奥·施特劳斯（通信集《回归古典政治哲学》）曾经谈论到了这个话题。在一封致友人的信中，一方面他表示"虚荣乃人的本质"乃是胡扯，但另一方面他又承认，作为谦逊的对立面，虚荣与谦逊互相纠缠在一起，都同样基于人对宇宙的仰赖，是一种"前教育的东西"，只能"驯化"，不可"克服"。

哲人们的话不大好懂，我的理解是：上帝因虚荣创造了世界。既然上帝也有虚荣心，那么祂创造的人类也天然地难免。如果托尔斯泰是那个虚荣的上帝在尘世的虚荣翻版，那么每一个作家都应该是。

可惜的是，在我身处的这个时代，作家的这种虚荣已经相当稀少了。绝大多数靠文字吃饭的人并不企望神灵的眷顾，也不指望自己有朝一日成为传达天韵的"芦笛"，那太不科学了。如果非要有一种比喻，他们更愿意成为一只量筒，去衡量读者的冷热、市场的深浅和金钱的得失。与芦笛般的虚荣相对应的，这是量筒式的功利。

这大概就是玛格丽特·艾特伍德回避"虚荣"一词的原因。

没有伟大的虚荣，真正的创造再无可能了。

说说叶礼庭

　　《伯林传》是了解思想家伯林的窗口，而且我觉得那是一个透明的窗口。一个传记作者写活传主的日常生活固然不易，而要写透对象的思想世界，恐怕更难。伊格纳季耶夫（Michael Igna-tieff）做到了这一点。在他的笔下，伯林的生活与思想都保持了鲜活的动态，让我不仅对伯林更多理解，也使得我想去了解这个传记作者。

　　然而关于他——伊格纳季耶夫，《伯林传》提供的信息少得可怜。书封上标明了作者的国籍是加拿大，再有一点儿信息来自他亲吻伯林的方式："两边脸颊各一下，然后再来一下"。（准确地讲，亲吻是先左后右再左。）这个表示尊敬的传统礼节说明，他和伯林有着共同的俄国血统。除此之外，我对他的认识几乎是零。

　　近日读《霍布斯鲍姆看21世纪》，重新看到了伊格纳季耶夫的名字。这一次，他是霍布斯鲍姆批评的对象，一个支持伊拉克战争的"人权帝国主义者"。在霍氏的眼中，像伊格纳季耶夫、库什内（无国界医生组织创始人，曾任法国外长）这种人既痛恨五角大楼背后的意识形态，却又认为美国的军事冒险可以附带地消除某些地区的不公不义，简直太幼稚了。

而在这本书的译注里，伊格纳季耶夫的个人简介赫然写着："西方当今最有名的公共知识分子之一。"这让我慢慢回忆起，大概是伊拉克战争爆发之前，在人们激烈而无用的争论当中，这个名字出现过好几回。

幸好有 Google 和 Wiki，伊格纳季耶夫的大致轮廓很快得以呈现：俄裔加拿大人，1947 年出生，沙俄世家，外交官之子，牛津肄业，哈佛博士，做过记者，出版过多部学术专著和小说，长年为《纽约书评》撰稿，曾在剑桥、多伦多等大学任教，担任过哈佛大学肯尼迪政治学院人权中心主任（难怪霍氏误以为他是美国人），还获得过七项荣誉学位，并曾被评选为加拿大最具魅力的男性之一。

令人惊讶的是，带着如此完美的履历，伊格纳季耶夫投身加拿大政坛，如今既是最大反对党自由党的党魁，同时也是今日加拿大人最讨厌的政治领袖（民调不欢迎程度高达 52%）。当地华人对他倒是存有好感，他也懂得投其所好，屡屡为华人说话，并给自己取了一个相当不错的中文名"叶礼庭"。

我不由得想起马克·里拉写的一本书，他在里面讨论了知识与权力的关系以及知识分子对政治欲拒还迎的复杂心态。但那本书的中文名《当知识分子遇到政治》显然不适合眼下的叶礼庭，因为对他来讲，更恰当的描述应该是当知识分子"找到"政治或者"闯入"政治。

是时代变了吗？与里拉笔下的施米特、科耶夫等人相比，二战以后出生的知识分子介入政治的方式似乎更加坦然了。这个名单可以很长，包括叶礼庭、库什内，也包括赖斯（美国前国务卿）、菲舍尔（德国前副总理兼外长）、默克尔（德国总理）等等。令人疑惑的是，在这个名单里，知识分子与政客的界限在哪儿？

所以我觉得叶礼庭这个人值得关注。他的著述那么多，公开言论不少，内容相当宽泛。有政治哲学的专著，有颇受好评的小说，有关于人权、恐怖主义、科索沃问题和伊拉克战争的各类言论，实在适合做一个"有机知识分子"的样本加以研究。可惜的是，他的文字翻译成中文的太少了，不知谁有兴趣来做这方面的工作。

书的价值

我一直想在朋友圈里培养一个藏书家,这个藏书家要有和我一般的兴趣爱好,而且没有收藏者惯有的吝啬习气,总之,他应该收藏着不少我爱读的书,并且乐意与我分享。这个想法很自私,可是我的确是这样想的。我有我的苦衷。

小时候,我祖父家的房子翻修,人们在屋梁上发现了一个木盒子。大家怀着激动的心情打开一看,里面不过是一套线装书。正巧我也在场,于是他们把这个盒子当作礼物塞给了我。这是一套《芥子园画谱》,上海书局出的。封面已经发黄,里面的画却非常迷人,我一下子喜欢上了它。祖父告诉我,这套书大概是我曾祖父留下来的。曾祖父是旧时的一个小文人,手上有不少的书,其中以绘画书和医书居多。后来因为时局,祖父把曾祖父的书挑了整整八筐去悄悄烧了。这套《芥子园画谱》怎么留下来了却不得而知。看祖父的神情,我那时候觉得这书一定很值钱。这应该算是我第一次意识到书的价值。

至于书的价值到底有多少，我很快就知道了。不久，我就拿《芥子园画谱》中的人物分册和同学换了十张烟盒！当时我非常兴奋，因为我终于有了一张"大中华"的烟盒。

　　这件事情一直到今天仍然是我最深的耻辱。尽管我在人们面前总显得家中万卷的样子，但是我自己清楚，早在七岁那年我就注定和藏书无缘了。后来也的确如此，我的书架上永远就只有那么几百本书，书名可能不断在变，但数量几乎是一个常数。我的书架上唯一可以称得上一个"藏"字的也就是那残缺不全的《芥子园画谱》。而那本人物分册的消失不断地提醒我：在我与书之间有一道深深的裂痕。我骨子里希望自己拥有一座书城的梦想只能在别人的身上实现了。所以我想在朋友中培养一个藏书家。

　　做藏书家绝对是一件不容易的事业。我记得明朝有个叫王世贞的文豪，为了得到一本宋代刻本的《两汉书》，不惜用自己的一座山庄换取。当年为一本崇祯年间的刻本《吴骚合编》，郑振铎和一个盐商争得不可开交，最终空手而归。后来还是黄裳用几辆三轮车的明清刻本换得。这曾经是轰动上海滩的传奇。可见做藏书家得有一种义无返顾的豪情。

　　我的朋友中小D有收藏家的潜质。如果说，小D尚不具备以山庄换善本的实力，但起码具备了藏书家基本的素质，那就是"贪"。他把大半的时间和金钱都花在逛旧书店上。前段时间他似乎对植物志之类的书发生了兴趣，于是每次和他见面，就发现他的包里装着不同种类的植物志，什么《云南植物志》《大梁山植物志》。走在路上，他甚至会掏出一本植物图志来，与周围的花花草草一一对应，很得意的样子。

有一次小 D 对我说，他小时候就喜欢书。看见同学手里有，他就会去收集很多糖纸烟盒去和同学换。他还做过一支很漂亮的木头手枪，换来了一套《三国演义》的连环画。

我很愤怒。

不禁又想起我的那本《芥子园画谱》。换走它的那个小学同学的姓名我忘了，不过我真想知道他后来怎么样了。会不会是一个藏书家？

格言控

　　昔日哈耶克准备给他的远房表兄维特根斯坦写本传记，后者的好朋友赶紧写信阻止他。那封信是这样写的："假如维特根斯坦泉下有知，他肯定会说：'你都瞎扯了些什么呀？'"（《维特根斯坦》，库·乌赫特尔等著，河北教育出版社）

　　事实上，哈耶克没见过维特根斯坦几面，之间也没有什么像样的对话。他们第一次见面纯属邂逅，那时候两人都是炮兵少尉，只不过一人去休假，另一人休假完毕准备重返前线。当时哈耶克就觉察到了维特根斯坦透露出的对这个世界的不屑与轻蔑。他们最后一次见面仍是邂逅。在同一间卧铺车厢里，两人的对话在一方看来是讨论，在另一方心中大概就是搭讪。因为哈耶克满怀期待，而维特根斯坦呢？他情愿把时间浪费在侦探小说上。（《海耶克论海耶克》，远流出版）

　　那封信打消了哈耶克做传的念头，不过似乎不妨碍他继续敬畏地回忆维特根斯坦的点点滴滴——把一本正经的东西抛给一本正经的家伙,自己随便瞎扯点儿什么,未必有害无益。要知道,维特根斯坦不仅生前是哲学明星,死后仍是电影的主角,T 恤上的时髦图案。甚至有人为《逻辑哲学论》的片段配上轻快的德国舞曲,灌制成了磁带。这让我想起前不久读的悬疑小说《牛津迷案》(吉·马丁内斯著,人民文学出版社)。在那本小说里,对于维特根斯坦,对于不可言说必须沉默的事物,作家的"瞎扯"十分精彩——又有几人真把维特根斯坦的哲学当回事。当那些穿着浅蓝色长褂的人围着手术台忙个不停的时候,他们究竟是高明的医生还是营造气氛的演员,手术台上是否真有其人,鬼才知道。

就算维特根斯坦重临人间,他自己又能对此说些什么呢?归根结底,自我评价和评价一样,都是譬喻。在短暂的人生里,他总是怀疑信奉者误解和歪曲了自己的思想。可是,谁能跟上这个知行合一的人?他不断变更行踪,转换身份,几乎没有节制。他不止一次郑重地告别哲学生涯,去做隐居者、志愿兵战俘、小学教员、寺院园丁、医务助手、前卫建筑师、乐队指挥,甚至传说他到土耳其做了牧羊人。他是众人眼中的新型飞机发动机的发明者、多处挂彩的英勇战士、云游四方的圣人,还被人描述为魔术师、喜剧演员、靠面包雨水和沉默度日的荒漠行者,或者僧侣、神秘主义者和机械工的奇异结合体。只是我们不知道,他到底会在意哪一种比喻。他的学生彼特·蒙兹曾经精确地描述过他的思考方式：抓着自己的头发，做剧烈的思想斗争，像拔除肉中的倒刺一样吐出一个个单词，时而喃喃自语："上帝！今天真蠢！"或者大叫："该死，我流血的心……救救我！"另一位学生诺尔曼·马尔康姆也常在课堂上听见类似的叫喊："你们的老师糟糕透了！""今天我太笨了。我是一个傻瓜！"——他是如此严肃，对任何从事的活儿都不会半心半意。

他对自己严厉，对别人也不宽容。虽然根本谈不上理解，但无论是《逻辑哲学论》还是《哲学研究》，都让我联想到《旧约》的箴言篇（Proverbs）。箴言篇一开头就说："要使人晓得智慧和训诲，分辨通达的言语"，这是格言的目的。维特根斯坦的著作就有格言的特点：没有引言，没有提示，没有思想的间歇，精炼到让人难以喘息，以至于有人说他的写作不仅是格言，更是神谕。（《回忆维特根斯坦》，冯·赖特等著，商务印书馆）假如这种格言所散发的"冷峻的、难以亲近的甚至威逼的气氛"只是萦绕在纸上，或许具有催眠术一般的魅力。可怕的是，现实中的维特根斯坦同样具有格言一般的性格，逼着人们与他直面以对。

维特根斯坦从来不是一个好相处的人。哪怕是在隐居期间，他也与周围的人关系紧张。做小学教师的时候，还因为体罚学生而被部分家长起诉。朋友们都说他是一个天才，一个正直、聪

107

慧、富有同情心的高贵的人。可是他们也都毫不掩饰地用专横、粗暴和难以接近来形容他。维特根斯坦的青年密友大卫·品生特（《逻辑哲学论》就是题献给他的）在日记里不止一次地提到，这位朋友是一个"混乱的人"，每当他大耍脾气，自己就不得不极其审慎和宽容。对维特根斯坦呵护备至的罗素，在给朋友的信中也无可奈何地抱怨，维特根斯坦过于严厉的批评把他彻底摧毁了，"我再也没指望去做哲学的基础工作了。我的动力给毁了，就像波浪飞溅为浪花"。早年因为论文体例而在学位问题上遇到了麻烦，他几近残忍地对待前辈 G. E. 摩尔——后者对他一直帮助良多。他在信中这样写道："如果我不值得你在一些愚蠢的细节上为我破例，那么我倒不如干脆下地狱。但是假如我的确值得你如此，而你没有这样做，那么老天作证——你最好去那儿。"多么鲜明的语言，多么苛刻的性格。

　　语言学方面我也是外行。不过假如真像乔姆斯基说的那样，语言学仅是心理学的一部分，别无其他，那么我大致猜测得到，格言式的言辞体现了维特根斯坦的某些固有心理，譬如冷静、专断和严苛。另一方面，更重要的是，格言也强烈地要求受众具有特定的心理结构，从而更好地接受训诫、教诲和命令。维特根斯坦的学生冯·赖特就承认，他的老师培养了一批毫无成就的模仿者。牛津哲学家艾耶尔也认为，维特根斯坦用吓唬学生的方式剥

夺了他们独立思考的能力，结果他没能造就一个真正的哲学流派。（《维特根斯坦》，中国社会科学出版社）

本来想瞎扯一通，不自觉地一本正经了。我似乎真的听见了维特根斯坦的怒斥声。当然，还是粗鲁的格言体："不要试图拉出比你屁股还高的屎！"（《维特根斯坦的拨火棍》，埃德蒙兹等著，长春出版社）

枕边书

读大学那时候想得到很多东西。比如食堂里的盐煎肉，周六舞厅里碰见某个漂亮女生，或者高等物理考试的 60 分，通过英语四级考试。不过回想当年，那些东西对我的吸引力并不大于一块木板。

我说的木板并非普通木板，进过大学的人估计都能明白我说的是什么玩意。木板宽不过 30 厘米左右，长度以恰好可以搁在单人床的两头为准。别看它粗陋，它的用途却是极为广泛的。在女生寝室里，它可能是梳妆台，也可能是照片陈列区。而在男生寝室，它可能是炫耀自己名牌球鞋的最佳展台，也可能什么也不是，只是随意堆放衣物和臭袜子的地方。当然木板的主要用途是书架，书是大家的主要陈列物。这样的木板不是每一个学生都有的，它的由来谁也说不清，它的去向也没有人道得明。它如此珍贵，又如此罕见，于是它在集体生活中似乎具备了一种其他物品无法替代的特质，成为一种私人财产和个人权利的模糊象征。某个同学的床上有这样一块木板，他（她）在寝室中的地位不会太低。

我克扣自己的饭菜，不知道用了多少红梅香烟去贿赂高年级的同学，只为了得到一块木板。临到那位同学毕业我也没有拿到手：另一个更愿意下注的竞争对手如愿以偿，他送给主人一把红棉吉他！主人见我垂头丧气，把一个小收音机给了我。但这也不能弥补我的巨大缺憾。我是多么想把我买的那一套精装版的《忏悔录》和《约翰·克利斯多夫》摆上那块木板啊。

尽管我一辈子可能都和那块木板无缘，躺在床上从枕边随时拿到自己想看的书仍然是一件惬意的事情。我不像有的人只是到了晚上，才从书架上精心选出一本书来，以便能够读上开篇的几行就迅速入睡。也不像另一些人，拿起书就忘记了时间，一直读书到天亮。我会饶有兴趣地读，然后饶有兴趣地钻进被窝，琢磨书里书外的内容大概半个小时，最后心满意足地进入梦乡。自古以来，枕边读书都是一件风雅的事情。我身边的不少朋友也有此古风。清少纳言的《枕草子》是枕边必备的，《闲情偶寄》或者《围炉夜话》也当得枕边佳品。而我是一个多少有点饥不择食而且邋邋遢遢的人，不少书被我从书房带到客厅，又从客厅带进卧室，最后在我的床边堆积成山。此刻，我枕边胡乱地放着几本书，分别是朱学勤的《道德理想国的覆灭》、安妮·弗朗索瓦的《闲话读书》、拉明·贾汉贝格鲁的《伯林谈话录》、桑塔耶纳的

《英伦独语》和《伊丽莎白·毕肖普诗选》，还有几本围棋书，是藤泽秀行的。本来想就此表扬自己一番，可它们之间如此互不关联，连我自己也很难从中找出联系来。与朋友相比，我实在是一个性情急躁，用心不专的人。

震中书

地动山摇时正在书房午休，第一反应是遇上非法拆迁了，很快明白不是。地面剧烈晃动，人几乎无法站立。靠墙的书架哗哗作响，以前两个人都难搬动的书桌从墙角滑向房间中央，桌子上堆积的书倒了一地。我和西门媚赶忙扶着墙勉力跑到楼下客厅，躲在餐桌之下。待强震稍歇，我们急忙冲出楼外，看见花园里已经站满了人。

在慌乱的小区道路上无意义地走了几分钟，我们决定返回楼上收拾东西。除了衣物、身份证和钱，最重要的是电脑里的文档。幸好以前有备份。两个背包装好，西门媚顺手将照相机塞进包里，我则回到楼上书房，想带几本书在身上。

满地的书来不及仔细翻检，就拿了两本。一本是雅斯贝尔斯的《时代的精神状况》，另一本是杜威的《人的问题》，都是我近来写作需要的书。

那天上午十点过我从亚马逊订的书送到。送书的小伙子气喘吁吁地建议我以后买书最好选择网上付款，这样他就不用爬九十五级台阶送货上门，只需放在楼下门卫处即可。我则打趣他说今后要专为苦恼的送货者架设电梯。两人哈哈大笑。送来的书中有卡尔·曼海姆的《文化社会学论集》，当时翻了一下，还放在靠门的餐桌上。从书房下楼来也顺手带上。

我们背着包回到街上，讨论了一番去处，决定去附近一个小广场。那里比较空旷，周围房子也不高，还有一家我们经常光顾的小酒吧。我看了一下手机，时间是 2008 年 5 月 12 日 14 点 36 分。

来到广场，碰到诗人何小竹。地震前他家里停电，只好去附近一家茶楼写作。地震来临，他抱着笔记本跑到了广场上。这时通讯完全中断，他急着回家看看。我们从小酒吧搬出几把桌椅，坐在广场上。下意识地掏出了《文化社会学论集》，读了两页，一句话也没有弄明白。我的精神状况，恐怕雅斯贝尔斯没有分析。我的问题，估计杜威也没有分析。但就像西门媚说的那样："这时候，我有些相信神灵了。"

书是根本看不进去的了。事实上两天后我才算真正看了几行字。那是一本叫《夜行列车》的侦探小说，厄普代克曾经批评的"失败之作"。他还批评小说作者马丁·艾米斯（Martin Amis）缺乏人文关怀。老实说，我只想读一个简单的故事，没有想得到那么多。可看到后面，作家的意图就越来越凶险了：人类在宇宙中有何位置可言？

对于刚刚经历了一场地震的人来说，这种问题十分可疑。

那天本是一个有些闷热的天气，忽然起风转凉。到了晚上更是凉意袭人。一些人围坐过来，听一个同济大学毕业的建筑设计师普及地震知识。年轻的大师眉飞色舞，唯一有些担心的是自己在彭州的一个项目。

广场上的人越来越多，小孩子更是快活地穿梭，只因为第二天不用上课——读书对他们来说算什么？

我不知道别人怎么想的，反正我内心悄悄地还是祈祷了。

辑三　伪黎明

2005.9.13

川大校区
2007. 3

旁观者

在爱因斯坦的眼里，伯林是"上帝这个巨大但一般来说不怎么吸引人的剧场里"的十分明智的"旁观者。"这究竟是赞誉还是贬损？恐怕连伯林自己也拿捏不准。但从他年届六旬忽然热衷于承建和管理牛津大学一所新学院的事实来看，他内心的确对爱因斯坦的评价相当在意——证明自己有处理实际事务的能力，从而摆脱"旁观者"的角色，大概是有些人不可言说的渴望。

新学院沃尔夫森的创立对伯林个人意义重大，可时至今日我的感受和当年他的朋友们没什么区别。一个哲学家写信给伯林抱怨道："一想到你将把自己出众的才华和时间浪费在召开学院会议和担任各种委员会委员上，我就不寒而栗。"在那段时间里，伯林的学术创造力的确降低了，收录在《反潮流》中的《乔治·索雷尔》算是期间为数不多的重头文章。有趣的是索雷尔这个行动至上论的鼓吹者，满脑子"反抗""暴力""从肉体上取消反动分子"的人，一生高喊"让知识分子见鬼去吧！"的口号，事实上却是一个彻头彻尾的旁观者。用伯林的话讲，是一个"局外人中的局外人"——住在宁静的塞纳河畔，每周四乘着有轨电车去参加聚会，最终被俄国和奥匈帝国的债券搞到破产贫困而死——那里的革命和他的思想可能有些关系。

为什么旁观者的角色让有些人恐惧而力图摆脱呢？彼得·德鲁克在《旁观者》中说，那是因为"旁观者没有个人历史可言"。他进一步说，旁观者连观众都算不上，只是站在舞台侧面观察情形的消防队员：在以前，一些剧院须在后台有两个消防队员坐镇才可开始演出。这真是具有手术刀一般质感的解释，以此理解伯林的选择，准确而疼痛。而伯林通过新建学院的方式改变旁观者的角色的确是十分明智的，这比不少哲学家通过政治实践改变角色的方式风险小，并且有实绩。

不过我不认为旁观者这个角色有什么可尴尬的。在现在资本嚣张、资源匮乏、资讯泛滥的"三资"时代，做一个旁观者是荣耀的，至少一个无所事事的旁观者是环保的，还可以用"不跟你玩儿"的态度超脱于权力游戏。在这点上，杜尚有比较完整的"旁观者"理论。在《杜尚访谈录》中他讲过，他一生所回避的就是上台成为一个演员。他有一句名言："这里没有解决，因为这里没有问题。"这是"世上本无事，庸人自扰之"的法文版。杜尚甚至说，他"羞于使用创造这个词"，言下之意，世界这个舞台上演员太多了，而旁观者少。他不是哲学家，却堪称智者。

超现实主义艺术家普吕东评价杜尚是 20 世纪最有才智的人，同时，"对多数人而言，也是最扰乱人心的人"。可见旁观者的角色并非可有可无，而往往让人寝食难安。想到这点，我倒有些幸灾乐祸了。

科耶夫式喜剧

1938 年，管理学家彼得·德鲁克刚移民美国没多久就要回欧洲呆上六周，于是到移民局办理再入境许可手续。移民局的办事员在查看了他的退税记录后说："去年你只赚了 1800 美元，太少了。我猜你的工作能力不错，一定有大学学位，没准还会几国语言。如果你愿意到移民局来工作，包管薪水高出五成。"他转身拿出一张应聘表格让德鲁克填，说："如果你现在填了，我的上司立马可以签字。我们俩以前是合伙开鞋店的，后来银行倒闭，鞋店也随之关了门。等你从欧洲回来，这儿就有一份新工作等着你。"

德鲁克认为这就是美国上个世纪 30 年代的特点：关爱陌生人，并勇于伸出援手，哪怕当时正处于经济大萧条时期。在回忆录《旁观者》中，特别是第三部分《无私天真的夕阳岁月》里，他用了不少的笔墨来描绘那种看来已经不复存在的人与人之间的认同感。

回忆使德鲁克笔下的美国多少带有牧歌的色彩，或许读一读《美国华人社会的变迁》可以把人从甜蜜和感伤中打捞出来。在这本书中，作者周敏提到如今亚裔美国人，尤其华人被冠上的两个称谓，一个叫"名誉白人"，另一个叫"模范少数族裔"。前者明显的政治不正确，而后面一个称号也很尴尬——"华裔美国人"替代"中国佬"固然是进步，但本质上，与这个称谓划等号的"模范少数族裔"，仍然是主流社会强加的刻板形象。想一想的确如此。将刻苦耐劳、家庭团结、克己复礼、不重享受等等貌似准确的评语加诸具体的每一个美国华人都是武断和蛮横的。

另一方面，美国华人的自我定位也相当混乱。周敏注意到，哪怕是土生土长的美籍华人也和他们的移民父母辈一样，有意无意地把白人和美国人混为一谈。"经常可以听到，某某在追一个美国人，你就知道她在追一个白人。如果她在追一个黑人，别人就会说她在追黑人。"

无论周敏严谨客观的社会学研究还是德鲁克甜蜜而感伤的回忆，都围绕一个词展开，那就是"认同"。如果我们对"认同"的重要性缺乏感性认识，不妨想想中国人是如何看待加拿大人马克·罗斯韦尔（Mark Rowswell）的。《人民日报海外版》曾有一篇文章如此评价："（他）虽然是外国人，但不是外人。"这句话颇得"认同"一词的神韵。需要说明的是，国际友人有一个如雷贯耳的中文名字——大山。

"认同"也正是哲学家科耶夫的思想核心。他在《黑格尔导读》里讲到，相互承认、彼此认同一直是人类的欲望，也是历史的动力。一旦人们认同彼此的理念，想的一样，做的也一样，那么人类就将迈入大同世界，共享"人生的星期天"。尽管哲学家本人并不喜欢他所预想的人类远景，但我想大多数人既没有哲学家那样强大的心灵，也没有充分的理由反对这种科耶夫式的喜剧。

麻烦的基因

19 世纪，颅相学盛极一时。法国颅相学家 G. 勒朋（Lebon）1879 年写道："在最智慧的人种中，比如巴黎人，大量女性头骨的尺寸更接近于大猩猩，而不是高度发达的男性大脑。这一低劣是如此明显，没有人可以为此一作争辩，只有低劣到什么程度还值得讨论。研究过女性智力的所有心理学家，以及诗人和小说家，如今都承认，她们表现了人类进化中最有缺陷的形态，她们更接近儿童和野蛮人，而不是成年的有教养的男人。"

之所以引述这样一段今天看来如此荒诞不经的话，是因为近来我一直在琢磨一个问题，谁是今天的颅相学家？

在 *Genes，Genesis and God*《基因，创世纪和上帝》一书中，作者 Holmes Rolston，企图把科学、伦理和宗教统一起来。这种接近于捆绑销售的一揽子解决方案是天真的人们所希望的。起码，一些困扰的心理学家可以长出一口气："这个问题归基因说了算，我们没有必要为此浪费精力。"

Theresa Marteau 和 Martin Richards 主编的 *The Troubled Helix*（《麻烦的双螺旋》）的第一章讲述了几个个人故事，我觉得颇有意味。其中一位叫 June Zatz 的女士的母亲、两个姑妈都死于乳腺癌，她的一个表妹也患有乳腺癌。当她知道乳腺癌有可能遗传后，出于恐惧，她做了两侧乳腺切除手术。而另一位叫 Ellen Macke 的女士在知道自己家族曾经有四个女性成员在 30 多岁到 40 多岁时患上乳腺癌后，同样是预防性的，她切除了乳腺、卵巢和子宫。"斩草除根"本是不分东西的文化传统，我并没有对上述两位女士的行为有任何批评的意思。还是同一个问题，就现在来看，所谓科学，正在干些什么？

读到这两个故事，我就对人类基因组计划、克隆人之类的争论失去了兴趣。有人说，人类基因组计划产生了三大社会问题：人口筛查、资源分配和商业化。我觉得这些看似严重的问题都比不上一个怀念自己乳房的女性更让人震撼。

在《疾病的隐喻》一书中，苏珊·桑塔格批评了当代文化中企图扩大疾病范畴的倾向。据她的分析，疾病范畴的扩展依赖于两种假说。一种假说认为，每一种疾病都可从心理上予以对待。另一种假说认为，每一种对社会常规的偏离都可被看作一种疾病。我觉得她的分析至少会受到两种人的抨击。一种是心理学家，一种当然是社会学家。尤其是后一种假说事实上已经逐渐被采信。犯罪行为被当作疾病，应受到惩戒的罪犯被当作病人接受诊治和关心，这样的事情屡见报端。

苏珊·桑塔格没有说穿这种倾向背后隐藏的事实，那就是，当代文化中疾病范畴的扩大，实际上就是科学范畴的扩大。我有一种感觉，当代科学比以往更频繁地闯入传统的人文领域，甚至正在逼人文拆迁。很大程度上是因为近几十年里，科学的手中多了一个利器，那就是"基因"。在我看来，某些科学家、人文学者和普通大众甚至达成了共识，基因的力量如此巨大，已经成为决定我们命运的根本。

基因是麻烦的，可是基因是不是麻烦的根源，我看不一定。

夜火催人醒

　　断断续续地在读一本书，伽达默尔的回忆录《哲学生涯》。书中涉及的人物不少，我对他们大多不熟悉，老实说有的甚至没听说过，只好一边读一边在大脑和电脑里"狗哥"，加上《哲学生涯》的翻译也并非无可挑剔，这让我的阅读变得缓慢，时常处于死机状态。

　　但这些困难值得一一克服，因为《哲学生涯》太独特了。伽达默尔在思想界是无人不晓了：著名哲学家，海德格尔的学生，现代哲学阐释学的鼻祖，战后德国学术重建的领头羊等等，每个身份都颇多故事。对于我等普通读者来讲，他还有一大特点，那就是长寿。长寿的哲学家和短命的诗人一样总是魅力无穷。远的像苏格拉底、孔子，近的如雅斯贝尔斯、海德格尔、伯林，他们伟大的思想与绵长的生命意志交织一体，难分彼此。而伽达默尔生于1900年，活了102岁。他不仅见证了两次世界大战和第三帝国的覆灭，自己也投身于漫长的学术生涯，与那个时代最深刻最有影响力的人一起思考和生活。这些人里既包括身兼师友的海德格尔，也包括远走异国的列奥·施特劳斯。前者是《哲学生涯》中一个主要的角色，而与后者之间的关系，用伽达默尔自己的话讲，他们持续不断的精神交流"可怕地打乱了世界史"。

以"可怕"来形容哲学家的长寿也是恰当的。对于那些致力于哲学突破的人来说，像伽达默尔这样的哲学家，长寿一分，则危险必增加一分。最著名的例子发生在1981年。在巴黎歌德学院举行的专题座谈会上，伽达默尔与当时风头正劲的德里达进行了一场面对面的学术交锋，这是阐释学与解构论的第一次直接论战，也被哲学界称为一场"不可能的对话"。在对话中，德里达指责伽达默尔的阐释学对理解的认可犯了"逻各斯中心主义"的错误，而伽达默尔反诘德里达：视理解为不可能的解构论无法面对解构本身同样需要理解的悖论。在我看来，德里达对西方后现代状况的把握可能比伽达默尔准确，但伽达默尔强调的理解与对话更能体现人类的希望。关于这场论战的内容及余波，孙周兴等编辑的《德法之争》（同济大学出版社，2003年）中有详尽的记录。其实，伽达默尔对"一"的尊重与德里达对"多"的强调，恰好可以用他们之间的年龄差距来说明。那一年，伽达默尔81岁，德里达51岁，整整相差了30年。长寿的伽达默尔就像《魔戒》中的树人，双脚在一个世纪的泥土中获得力量，而双手在当代的思潮中搅动。近来读张隆溪的《道与逻各斯》，就不时能听到伽达默尔的声音在回响："处于传统之内并不限制一个人的认识自由，而是使之成为可能。"

《德法之争》中的伽达默尔思维敏捷，逻辑清楚，而巴黎交锋的几年后，他还意犹未尽，再度向德里达发出了对话的邀请。他热情地说："那个让我关心解构论的人，那个固执于差异的人，他站在会话的开端处，而不是在会话的终点。"可见伽达默尔至少在80多岁的时候还有语言上的自信。译者说伽达默尔写《哲学生涯》的时候上了年纪，以75岁的高龄和语言战斗，使得书中充斥着大量佶屈聱牙的复合句。这个说法不大站得住脚。

对于逝去的人们，哲学家的长寿却又是幸事。通过伽达默尔对大半个世纪的回顾，德国一代哲人由枯燥的句读复活为生动的人。海德格尔复活了，黑眼睛小个子，穿着画家乌拜娄德设计的"存在主义制服"，活脱脱一个盛装打扮的德国农民，正在向他的学生们嚷嚷着滑雪和手球。尼古拉·哈特曼跟以前一样，穿上了黑色的礼服和笔挺的裤子，系着"慈父般的白色领带"，冷静地，近乎一板一眼地出现在课堂上。身高一米八二的汉斯·李普斯喜欢站着和人交谈。他朝我们强烈地挥舞着手臂，两只大眼睛仿佛要从他的脑袋上跳下来。而保罗·那托尔普正和到访的泰戈尔在一起，两个长着花白长胡子的老人鹤立鸡群，闪耀着令人折服的光辉。这是怎样的一代人呢？用伽达默尔评价马克斯·舍勒的话足以恰当地评价他们，这是一代精神率真、销人心魄的人，是一代"在精神上贪得无厌的人。"

除了那些同路人，伽达默尔自己的心路在《哲学生涯》中也颇让人唏嘘。年轻时的伽达默尔恃才傲物，相当狷狂。他自己都还记得，有人问他是否知道某本书，他的回答是："基本上我只读不少于 2000 年历史的书。"随着岁月的增长，伽达默尔的形象变得温敦而宽厚。与德里达的争论中，他的表现就是很好的例证。除了年龄，我想这种变化也来自于两个方面。伽达默尔的阐释学是追求理解，强调和谐的哲学，他的变化大概与此有关。另一方面，他所经历的种种世事也必然参与了性格的塑造。书中"莱比锡"一章尤其生动。在他的笔下，一个哲学家所面临的情景真是奇妙：巨大的学术演讲厅中坐满白发苍苍的听众，其中有一半还戴着助听器。他们的身体齐刷刷地倾向讲台，像一片由聋子耳朵组成的森林。

伽达默尔还写到他飞越战火到伊比利亚半岛讲学的经历。那里和平美好的生活与自己数年惊魂不定的战争岁月在伽达默尔的内心形成了强烈的风暴。他用一个哲学家特有的方式说，自己的内心"有如被世界史抽打"。

尽管在逻辑课上暗讽纳粹"所有的驴子都是灰色的"，但总的来说第三帝国时期的伽达默尔只想逃避纳粹和盖世太保的监视，而不是其他的什么主动行为。但即便如此，他与海德格尔在二战中的行径仍形成了鲜明的反差。正因如此，战争结束后，一身清白的伽达默尔当选为莱比锡大学的校长。在这所面临俄国人主导的社会主义改造的大学里，他竭尽全力维护学术研究自由，不得不经常以威胁辞职的方式为德国学术复兴保全火种。最终当努力成了泡影，他千方百计想回到联邦德国辖下的法兰克福大学。随之而来的是俄国人的报复、拘禁和审问。体面的哲学家不得不交出裤子的背带和腰带以防"畏罪自杀"，不得不靠背诵记忆中所有的诗句打发囹圄时光。在数度真真假假的提审后，伽达默尔被突然释放了。他回忆到："我感谢了他们，悠然地穿过夜色中的森林步行回家。"

　　除了那些几近幻灭的日子，生活仍是美好的。在书中，伽达默尔写到一群哲学家朋友到黑森林里野餐，在露营地的篝火旁，海德格尔向他的学生们做了精彩的演讲。伽达默尔一直记得他的开首语："夜火催人醒……"在伽达默尔的记忆中，哲学家的生活就具有这种肌肤般的质感。这团夜火可能是心智蒙昧如我者很难体会的。我所能做的，无非读一读《哲学生涯》，在书中，陪着哲学家步行回家，穿过夜色中的森林。

伪黎明

电视里正播出上海一场交响音乐会后进行的采访。好几个听众激动地对着镜头说："感觉我们与世界同步了。"不禁笑出声来。之后看见一份上海杂志的广告语："读××画报，与世界同步"，又读到上海一家报纸刊登的文章，才意识到这不是玩笑，"与世界同步"的观念已进入人们的意识深处。在那篇文章里，世界肉类组织的主席摩尔先生表示，中国猪肉价格上涨并不特殊，因为是与世界同步的。

简单一句"与世界同步"，让我颇多疑惑。首先是世界在哪里的问题。因为从人们的表述看，世界肯定不包括上海，甚至是一个外在于中国的实体，但恕我短视，这个"世界"我没有看到。至于所谓"同步"问题，更是有点玄乎。既不退步，也不抢步，还不错步，一定要"同步"生活在这个星球上，标准的步伐由谁规定？如此"与世界同步"，只可用激动人心的荒唐来形容。

近来读约翰·格雷（John Gray）的《伪黎明》才明白"世界"原来不是一个星球，而是一个正在塑造过程中的乌托邦。而所谓"与世界同步"更像一份全球性的政治纲领。简言之，它的学术定义叫全球自由市场。在书中，格雷表述了这样一个观点：以英美自由市场为模式推广的全球自由市场体制并不能通过促进繁荣增进自由主义价值，相反，它会导致恶劣的资本主义驱逐优良的资本主义，在产生新贵的同时还产生新型的民族主义和原教旨主义。考虑到约翰·格雷本人的自由主义政治倾向，我不至于将他误判为"新马"——他是伯林最好的学生之一，曾经著有《以赛亚·伯林》《自由主义的两张面孔》。同时考虑到他惊人的前瞻性——这本初版于 1998 年春季即饱受各个政治派别攻击的书早就预见到 9·11 的可能，使我对他在全球自由市场体制上所持的左派观点将信将疑。

一个精通劳动法的律师朋友不久前刚考察了深圳一家手机工厂，回来后问我："你知道人工成本在一部手机的制造成本中占多大的比例吗？"我认真想了想说："百分之三。"她说："百分之三？千分之三！"

要知道，这微薄的千分之三是在每周工作 6 天，每天工作超过 12 小时的前提下取得的。约翰·格雷在《伪黎明》里提醒人们，自由市场经济理论和计划经济理论一样，都是理性主义的产物，二者也都是启蒙纲领的变种。它们还有一个重要的共同之处，那就是"对经济发展过程中的伤亡者缺乏同情"。不得不承认，我对格雷的将信将疑变得很可笑了。

在《世界历史沉思录》里，雅各布·布克哈特（尼采的历史学良师）说，"现代"这个词成为进步的同义词，体现的不过是人们的狂妄。而"在评价这个所谓进步的时候，人们的安全感理应成为衡量一个社会的标尺"。我在想，那可怜的千分之三是否可以换得千分之三的安全感？抑或千分之三的时代进步？

当人们骄傲地描绘"与世界同步"的黎明时，就想想那千分之三的意义吧。

花花公子与哲学

　　一个法国音乐家在中国偶然听见一首旋律柔美的歌曲，就向周围的中国朋友打听歌词内容。朋友告诉他，那是 KTV 的中年男女最爱点唱的一首歌，名字叫《心雨》。歌中唱道："因为明天你将成为别人的新娘，让我最后一次想你。"法国人大为惊讶，感叹现在的中国人性观念竟已开放如斯。

　　不得不说，这个法国人的惊讶有些夸张了。他肯定没有读过尼古劳斯·桑巴特（Nicolaus Sombart）的《海德堡岁月》。在此书的尾声处，多少有些沾沾自喜地，桑巴特讲到他准备动身前往巴黎时，一个迷人的小护士在婚礼即将举行之前"温柔并果断"地来与他缠绵一晚的故事。也就是说，早在 1951 年，《心雨》中的男主角已经装扮成一个哲学家，乘着开往巴黎的火车进入了法国。

　　不论桑巴特算不算得上一个哲学家，他在《海德堡岁月》里

139

倒是谈论到一些哲学问题，也谈论到当时欧洲为数不多的几个健在的哲学家：阿尔弗雷德·韦伯、雅斯贝尔斯、克罗齐、施米特。但明显地，他更乐意谈论女人，哪怕是克罗齐那四个丑陋的女儿。

这让我想起亚历山大·科耶夫。不清楚是不是伯林首先给了科耶夫花花公子的头衔，但他如此定义他的哲学家朋友时并不掩饰对这种花花公子气质的羡慕。相反，科耶夫"才气焕发地调侃各种观点"的能力，以及"容易耽于幻想"的性格，恰恰吸引了伯林，也吸引着列奥·施特劳斯、卡尔·施米特这些人。如果说桑巴特的花花公子形象从哲学意义上审视价值难断的话，那么科耶夫的花花公子气质则具有某种致命的魔力。他既让聪明的伯林佩服，也让孤傲的施特劳斯倾心，更让暴戾的施米特寝食难安。他的《黑格尔导读》"戏剧性地决定了20世纪法国知识界的风景线"，他还隐秘地确立了当今世界的政治格局——他是欧盟和关贸总协定最早的构架师之一。科耶夫很早就预言了冷战的结束和市场经济的全球统治地位，甚至预言了历史的终结。但他这些决定性的影响和精准的预言很难讲是出于严肃的哲学思考，还是出于玩笑——也许哲学家的玩笑与真理本就难以区分。

这使得我不断地思考，人们应该如何看待科耶夫这类花花公子型的哲学家呢？是的，科耶夫成功地改变了我们生活的世界，但他也曾经天真地向斯大林写信进言，虽然没有收到回信。用伯林的话讲，"他大概把自己当成黑格尔而把斯大林当成拿破仑了"。我的意思是，像科耶夫这样威力巨大却又有些玩世不恭的思想巨人，普通如我者，能不能理解他？如果不能理解，又将如何对待他？

在古希腊的克里特岛，当地的居民将放逐者全身涂满蜂蜜，让蜜蜂叮咬，最后被蚂蚁吃掉。原因只有一个，那些放逐者是伊壁鸠鲁的信徒，是花花公子哲学家的追随者。今天的人会不会干同样的事情呢？

无论如何有一点是肯定的：我们身处的这个世界并非全然是由那些不苟言笑的人所构筑的，伊壁鸠鲁、科耶夫，还有桑巴特，都多多少少参与了世界的构建。因此，这个世界本身就有某种花花公子的气质，某种玩世不恭的特征。也许，这就是世界温暖而非冰冷的原因。

比日食更重要的

　　"300 年一遇"，这是大众媒体上关于日全食的统一口径。虽然有人提醒，一般来说，每年会有不下四五次的日食，然而这并不影响人们在某天的 9 点 11 分仰望天空，在黯淡的天幕下发出兴奋的叫喊。

　　中国人历来讲究天人感应，西方人大概也有类似的观念。相信日食导致新生儿唇裂，祷告上天自忏其罪或是驱赶吞食太阳的恶魔等等，那是古人的观念。但今天仰望天空的民众，在观念上会有多大的进步，我是有些怀疑的——听说，有人在日食那天许下了世界和平的宏愿，还有不少年轻人在那一刻郑重向女朋友求婚，观念这玩意儿真是耐人琢磨。

　　黄一农先生就写过不少这方面的文章。他说，因为一个主凶的天象，皇帝要下罪己诏，策免三公，有时还要搭上宰相的性命，所谓天文，似乎严肃得很。但同时篡改记录，虚构事实和伪造天象的事情又比比皆是。例如为了营造改朝换代的大好气氛，天文家或史家常常虚造天降祥瑞以附会天命；明明真是"五星聚舍"的大吉兆，若是不符正统评判的关节，则往往隐而不书。（《社会天文学史十讲》，复旦大学出版社）可见人的观念虽根深蒂固，却又脆弱不堪。

当然，对于终日低头寻路的大多数人来讲，所谓"观念"有什么值得深究的？不如借此一刻仰望天空——即便不能唤起一丝有关人与宇宙之间的玄思，也可缓解几分颈椎疾患。

少数执着于观念的人则可借仰望一个人的名字来缓解自己的颈椎病：柯拉科夫斯基（Leszek Kolakowski），一位波兰裔的哲学家和政治理论家，观念的生产者与澄清者，首届"克鲁格人文与社会科学终身成就奖"获得者，刚刚病逝在牛津的一家医院里，终年 81 岁。在数十年的学术生涯中，他一直思索的，其核心也可说是一种"天人观念"，就像他的首部专著的标题《个体与无限》。

柯氏不为大众所知，但其著述译成中文的不在少数，早在十几年前就有《伯格森》《宗教：如果没有上帝》《形而上学的恐怖》等书，近年又有《关于来洛尼亚王国的十三个童话故事》《与魔鬼的谈话》与读者见面，可见知识阶层一直对他颇为关注。他知识渊博，兴趣广泛。哲学、思想史、文化研究、文学和评论，都有很高的成就。他不仅是学者，还是一位公共知识分子，波兰团结工会的顾问和精神偶像。有人这样评价他："这位启蒙思想的怀疑者，这位在知识上最为严谨的学者，这位所有幻觉的反对者，却在运动中担当了最为浪漫的普罗米修斯式的角色。他是人类希望的唤醒者。"（《悬而未决的时刻》，刘擎著，新星出版社）

在我看来，这句评语不仅说的是柯拉科夫斯基的成就，而且也道出了观念与希望之间的秘密。就像日食那天，糟糕的天气妨碍了奇迹的观看，却不会消磨掉人们的希望。这是最重要的。

天知道

前些日子布宜诺斯艾利斯下了雪，这可是 89 年来阿根廷首都第一次下雪。不单是阿根廷，南半球的不少国家，像巴西、南非都罕见地下了雪。如此稀罕天气，让当地人惊奇不已。他们纷纷走出家门拍照留念，打打雪战，聊聊全球气候异常的闲话，不过似乎没产生多少感时伤怀的文字，更没听说有人为此忧心如焚。不像北京，前些日子听说也飞了雪，后来又听说不少专家紧张得要命，纷纷出来辟谣。有的说那是水花，有的干脆断然否认，好像下雪的权力已然从老天爷手中下放到了气象局。

不知南北半球是否都归属一个天，也不管这北京六月的雪究竟下了没有，从比较的角度看，老天爷在我们这地界之上表现得心思复杂却是无疑的。看那南半球的雪下得多直白多没遮拦，哪像我们这边捉摸不定众口难辩，甚而还颇有警喻的味道？否则，区区几粒水的结晶体，哪值得人们这般紧张揪心？

当然，如果一场似有却无的雪能推动社会气象学的进步，那就显得出我们这片天的优越性了。据我所知，学界对这门学问的研究甚少，成就也不多。这方面的书太少，仅看见一本《社会气象学导论》，内容泛泛，并不见六月飞雪的鲜活例子。有趣的是，作者姜海如先生是湖北省气象局的副局长。可见这门学问反倒是政府官员走到了学者前头。

当然也不奇怪。如果是单纯的气象学研究，自然是学者强于官员。若论与"社会"的联系紧密程度，那官员的优势就凸显了，考察历史即可一目了然。那时候所讲的气象不是"朝霞不出门，晚霞行千里"之类的民谚内容，很大程度就类似于社会气象学，所谓天人感应，灾异与人心大有关系。遇到"春霜夏寒"或是"六月飞雪"，官员们得向皇帝报告、解释。如果这类灾异频仍，那就有可能是皇帝"不德"和"肱股不良"导致，皇帝要下罪己诏，而实际的责任当然得由官员们承担。该降级的降级，该免职的免职，弄不好还有杀身之祸。在这种压力之下，官员的学问做得好那是理所当然的事情。

故此，古时天文气象之学是由皇家指定的机构和官员独占，寻常人不可以研习，也不可以置喙，否则就是挟天自重，蛊惑人心。自晋朝开始到满清，官府禁制不断，若有人违反禁令暗地学习和传播，那么等待他们的就是大辟之刑。而今时代不同了，社会气象学已非官学，但官员的学问底子厚实，确有历史渊源，非寻常人等可比。

如果说《社会气象学导论》略嫌空泛，那么可以参阅黄一农先生的《社会天文学十讲》。毕竟，天文气象历来密不可分，同属官方垄断的"星气谶纬之学"。黄先生是物理学博士，后又从事天文学研究，再步入社会天文学史领域，学兼文理，成就不凡。他讲述的可谓星空下的中国社会史，其纷繁有趣不仅可以吸引更多的学者关注我们头顶上的这一片，也关注这片天空之下多姿多彩的社会和人心。

不过，这门社会气象学能不能起到天人和谐的作用，那就只有天知道了。我们当然想跟老天爷搞好关系，但老天爷的心思谁琢磨得透？

熊彼特的雾航船

在金融危机最严重的时刻，《经济学人》杂志刊载了一幅漫画，标题叫《把脉经济》。画中四个表情严肃的男人围着桌子，面对一堆曼哈顿微缩景观，一筹莫展的样子。每个人物都画得不错，特征抓得准。马克思最抢眼。戴假发的那位印在英钞上，叫亚当·斯密。另两人的模样比较陌生，仔细一看，厚嘴唇是凯恩斯，高额头的是熊彼特——瞧，每当活人解决不了问题，死人的地位就会抬升，无非如此。

从经济的角度看，他们中间"市值"最高的人物无疑是凯恩斯。照眼下的情形，马克思和斯密都显得太极端了。斯密的声望需要"止损"，而马克思呢？就算《资本论》畅销，《蟹工船》大卖，哪里及得上用四万亿做信誉担保的凯恩斯。

不过，这三位的大名仍是焦点，唯有熊彼特不尴不尬，简直成了"多余的人"。我就曾听见有人问，熊彼特是不是一个服装品牌，和泰迪熊是什么关系。

这种多余人的感慨并非我的想象。假如熊彼特在世，他固然会觉得和马克思、斯密坐在一起是一件荣耀的事，但肯定也会局促不安。因为身边坐着的，是与他同一年出生（1883年）的凯恩斯。要知道27年前，同样是《经济学人》，在纪念二人诞辰100周年的专题中，留给他的篇幅尚不到凯恩斯的三分之一。

说起来，熊彼特与凯恩斯的确一时瑜亮——至少熊彼特自己私下里这么认为。他们都是神童式的人物，天才级的学者，然而他们又是如此地不同。凯恩斯过了愉悦、成功和自我实现的一生，相反熊彼特的人生要阴暗得多。

斯基德尔斯基（R. Skidelsky）认为，凯恩斯是一个奥德赛式的人物，一个成功的英雄。"他听见了海妖优美的歌声，但做好了防止触礁的准备，坚守他的才华和世界给他指定的大方向。"（《凯恩斯传》，三联书店）相比之下，我觉得熊彼特的人生就像他未完成的小说标题，是一艘时不时遭遇搁浅和触礁的"雾中之船"。

然而一切并非必然。如果某人在上世纪初认识熊彼特，他很可能会被这位年轻人的聪慧与乐观吸引——当然，也有可能被他的倨傲与放肆激怒。26岁的熊彼特是奥地利当时最年轻的经济学教授，28岁成为同行盛赞的学术传奇，30岁已是学术舞台上风度翩翩的大师。另一方面，他是惯于冷嘲热讽的学术对手，公然揽妓的"维也纳情人"，身着骑术服参加学术会议的教授。朋友善意地提醒他低调行事，他的回答则是左手揽着金发女子，右手挽着黑发女人，坐着一辆豪华的敞篷马车，在维也纳的大道上呼啸来去。（《熊彼特》，斯威德伯格著，江苏人民出版社）

不管怎么说，除了幼年丧父，从熊彼特的青年经历里似乎看不到多少阴郁的东西。之后，他短暂而尴尬的从政（出任奥地利共和国第一任财政部长），以及同样短暂而尴尬的从商（担任一家银行的董事会主席）给了他一些挫折。可是，他很快就回到了大学讲台，回到了充满乐趣的学术道路上来。（《开门：创新理论大师熊彼特》，洛林·艾伦著，吉林出版社）

真正的转折也许是1926年。那一年短短三个月内，母亲、妻子和刚出生的孩子相继去世，熊彼特的生活几乎彻底被毁。他试图用拼命工作的方式摆脱痛苦，然而当他的《货币的本质》即将脱稿，凯恩斯的《货币论》早一步出版了，并且与他的货币理论诸多相似。熊彼特销毁了手稿，其副本直到他去世才由他人编辑出版。

熊彼特想与过去的生活一刀两断，于是离开欧洲去美国生活。可是他后来写作的《经济周期》差不多遭遇同样的命运，凯恩斯的《就业利息和货币通论》再一次抢了先。随着第二次世界大战爆发，他的理论完全给晾到了一边，而凯恩斯的学说却颠倒众生。他几乎一手建立了哈佛大学在经济学领域的地位，可是令熊彼特气结的是，他的得意门生，譬如加尔布雷思、萨缪尔森等等，纷纷改换门庭成了凯恩斯的信徒。他曾被学生们崇敬地称为"经济学教皇"，却是孤独的教皇——在经济学界，从来没有一个以他的名字命名的学派存在。熊彼特的心态是如何在与凯恩斯的遭遇中一步步变化的，在最新的熊彼特传记中有细腻的分析。（《熊彼特传》，安奈特·舍尔佛著，机械工业出版社）然而没有疑问的是，在熊彼特格外阴郁的后半生中，凯恩斯的确是一块挥不去的乌云。他不止一次酸溜溜地表示，那些优秀的青年学子对待凯恩斯的著作过于狂热了，仿佛凯恩斯是他们的真主。1946年，在悼念凯恩斯的文章里熊彼特写道："他（凯恩斯）个人没有后代，而且他的生活哲学是一种短期哲学。"任何人都能看出，这其中包含着多么强烈而复杂的情绪。

有意思的是，就我所知，以熊彼特为主角的传记类书籍远多于描写凯恩斯的。这是不是说明，相较于像凯恩斯那类"完美"的英雄，文学更偏爱"多余的人"呢？

透明的愚蠢

真诚从何时起才成为一种至高的价值观？没有几个人对此深入研究。不过可以肯定的是，真诚起初并非人人称颂的美德——将东方的情形暂放一边，在欧洲人固有的观念里，真诚并不容易理解，更谈不上神圣，至少五百年前是如此。她没有真善美古老，也不像勇敢、忠诚这些原则那么便于被普通人遵循，人们很难把握住她的本意，在《现实感》一书中，伯林甚至认为她是如此新颖，直到18世纪中叶以前都无法被接受。

伯林的观点有些夸张，其实早在13世纪真诚已经在人们的思想中萌芽。弗里德里希·希尔在《欧洲思想史》中谈到基督教灵性主义各教派的情况时，真诚已是其中重要的成分。法国南部的清洁派、瓦尔登派以及意大利的方济各会，这些在当时的基督教运动中的重要力量无不将真诚作为他们信念中必不可少的一部分。不过这时候的真诚还是工具性的。一切真诚追求真理、至善、幸福和美的行为值得赞颂，并不意味着真诚本身也具备与真善美相等的价值。

到了 16 世纪，马丁·路德已经可以将"真诚"单独运用了。他一再地谴责理性是"为恶魔效劳的妓女"，是"神的死敌"，是"一切邪恶的源头"，应当"扔进厕所里"。而只有像他宣称的那样真诚信任自己内心的声音，才能与神直接交通。在给朋友的信中他说："罪不能把我们与神隔绝，即使我们每天犯一千次杀人罪、奸淫罪，也还是如此。"他还发表文章，主张把教皇和教廷要员的舌头割下来钉在绞刑架上。这一切都显示出真诚的独特力量。弗里德里希·希尔甚至认为，由于贪馋，身体肥肿而死恰好能证明马丁·路德自己的理论：只要真诚的信仰，就可以从心所欲地行事为人，哪怕不断犯罪仍然不至于被罪压倒，因为一切罪孽都由基督承担了。"犯罪时也要勇敢；信仰时则更要坚强"，这是马丁·路德的格言。

有了马丁·路德，"真诚"最终在西方彻底扎根就不难理解了。伯林发现，到了 18 世纪中叶，圣哲、专家、有知识的人，像这类"通过理解的方法或通过基于理解之上的行动而获得幸福、美德或智慧的人，被为了实现自我而不惜一切代价、不怕任何险阻、不计任何后果的悲剧英雄所取代了"（《浪漫主义革命：现代思想史的一场危机》），不为别的，只因为后者更加真诚。无

153

疑，对于旧有的注重结果的道德观来说，这种崇尚动机的道德观是颠覆性的。

伊朗总统内贾德建议在联合国大会上与布什进行一场有关国际问题的辩论，而如此真诚的愿望却被美国拒绝了，可见在大洋彼岸新的道德观仍有些根基不稳。相反，在我们这里，"真诚到永远"是深入人心的。前不久，一个演员斥骂同性恋是犯罪引来不少批评，之后一个"文化基督徒"就同性恋问题发表的文章把演员的意思表达得更为清晰。如果说前者的话因文化水平所限而显得愚蠢，那么我不得不说，后者的文字水平足以让他的思想闪耀着真诚的光辉。如果有人把这种真诚视为愚蠢的话，我必须为之辩护——哪怕是愚蠢，也是透明的。

遭到暗算， 也很幸福

    以证伪学说名世的哲学家卡尔·波普尔讲过这样一番话：对于"理性的"来说，再没有比"批判的"更好的同义词了。他进一步解释说，"理性"或者"理智"，最佳的意义就是对批判开放——准备接受批判，渴望自我批判，并且将这种批判的态度尽量扩展开来。这种批判与自我批判的态度，波普尔称之为"批判理性主义"。联想到汪晖在"抄袭门"中的沉默，就明白这是多么可贵的态度。

    然而当真知成了常识，哲学家之前为此所做的努力迟早会被人遗忘，昔日的赫赫声名也将蒙上灰尘。波普尔的命运正是如此。这位深刻而清晰的思想者，红极一时的哲学家，死的时候也算哀荣备至。谁知两年不到，伦敦经济学院就将他生前的办公室改建成了厕所。(《悬而未决的时刻》，刘擎著)

    不过，别以为死后的遭遇才是定论，除非它本身经过波普尔式的考验。再说了，从根本上讲，影响个人命运的因素多如牛毛，唯独与自己的生死无关。波普尔的早年生活够曲折了，干过木工活，当过小学老师，还做过被告，站在法庭上洗刷当保育员期间导致小孩骨折的指控。学术道路同样磕磕绊绊，少年早慧，偏偏物力维艰。半工半读，终于取得哲学博士学位。1937 年纳粹上台，身为奥地利犹太人，只好跑路。到了英国，他那一套学问在分析哲学的大本营并不讨好，最后不得不远走新西兰。二战后回到英伦，处境也不理想，只谋得伦敦经济学院的讲师职位。立足未稳，还得面对维特根斯坦"挥舞的火钳"。

关于和维特根斯坦的冲突，波普尔在自传《无尽的探索》里有记述。那是 1946 年，波普尔去剑桥国王学院演讲，两人当面发生激烈的争论。在谈到道德原则的有效性时，维特根斯坦坐在壁炉边上像教鞭一般舞动着火钳，质问波普尔："给一个道德原则的例子！"波普尔的回答很直接："不要用火钳威胁应邀访问的讲演者。"气得维特根斯坦摔门而去。

维特根斯坦与波普尔的冲突尚存名士之风。相比之下，古典学者施特劳斯和沃格林的"暗算"则尽展传统权谋。在给沃格林的信中，老辣的施特劳斯批评波普尔的哲学毫无生命力，犹如"黑暗中的口哨"，然后试探他的同行沃格林："您在什么时候可以告诉我您对波普尔先生的看法吗？……如果您愿意的话，我会守秘密的。"而沃格林把撩拨当盛情，一点也不客气，在回信中大骂："这位波普尔先生多年来并非一块绊脚石，而是必须从路上不断地把它踢出去的讨厌的小石子"，作品"卑鄙、粗野、愚笨"，半吊子且毫无价值。施特劳斯将信件转给科学哲学教授库尔特·里茨勒（Kurt Riezler），他是决定波普尔能否取得芝加哥大学教职的关键人物。结果令他们满意，就像施特劳斯给沃格林的致谢里所说："事实上您帮助我们阻止了一起丑闻。"（《信仰与政治哲学》）

那是 1950 年发生的事情，从波普尔的自传来看，对此他一无所知。相反，他觉得那年的美国访问相当不错。他很自豪地讲，当他在普林斯顿大学演讲时，爱因斯坦和玻尔都来参与讨论。要知道，这两位朋友可是针尖对麦芒的敌手。

其实，无论在那之前还是之后，波普尔一直与顶尖的科学家有着深刻的交流。早在 1935 年，爱因斯坦读了《研究的逻辑》就写信来支持他——科学家们是批判理性主义的坚定盟友，为波普尔的哲学提供炮火。在长长的盟友名单中，英国数学家和理论天文学家邦迪爵士说："科学就是科学的方法，科学的方法就是波普尔所说的方法。"生物学家，诺贝尔医学奖获得者梅达沃爵士认为，波普尔是有史以来无与伦比的最伟大的科学哲学家。另一位诺贝尔得主，澳大利亚神经生理学家艾克尔斯说："我的科学

成就归功于 1945 年我对波普尔关于科学探索行为的教导的皈依。"（《赵敦华讲波普尔》）

当然，激烈的争论是免不了的，但是他们之间没有背后的刀子，也没有突来的冷箭。就像波普尔所说，他与薛定谔（量子物理学之父）发生过一次又一次的争吵，连他都担心两人终有一天会分道扬镳。然而，他们总会回来继续之前的讨论——难怪波普尔认为自己是世上最幸福的哲学家——假如他至死都不知道哲学家同行的暗算，那就可以肯定，他的确言出于衷。

与其职场，不如社会

在这个世界上，这三种"东西"中的任何一样成了商品，天下就不会太平。它们分别是：人、土地与货币。

别以为我在胡说，何况这也不是我的原创。当然，谁说的不重要，只要言之成理就成。我始终是市场经济的坚定支持者，故而那个观点也可以这样表述：人、土地和货币不应该成为市场经济中的商品。

有意思的是，在主流经济学里，"商品"这个概念一点不像我们想象的那样重要。经济学家只是很敷衍地把可以销售的产品和服务统称为"商品"，甚至没有多少兴趣去给它下一个严格的定义。相比之下，我们的教科书要严肃得多——马克思把商品定义为"可以交换的劳动产品"。然而，货币是劳动产品吗？我们脚下的土地以及我们自己是不是产品？真是值得大家多多琢磨。

这里显然不是适合显摆理论的场合。即使不说货币，也不说土地，仅就"人"这一要素，我讲讲自己的故事。兴许大家能从中明白点什么。

那是十三年前，甚至更早之前的事情。当我做过工人、化验员、办公室主任之后，成为一家公司企划部的职员。在与媒体打了一段时间交道后，少年时期就埋下的种子重新萌发了——我想成为一名记者。

恰好看见本地报纸上的招聘广告，于是我把一切安排妥当，穿上一套藏青色的双排扣西装（别笑，那是当年最流行的）到报社应聘。现在想起来，我那时候的准备仍然是无懈可击的：简历、证书、口试，再加上我的经历——要知道，我做了两年的人力资源，曾经经手过不低于三百人的招聘工作，自认为应付招聘颇有心得——足以打败当时站在我前面以及身后的上百个应聘对手。然而结果令人失望，面试之后我再也没有接到报社的任何电话。不仅如此，我还把自己全套的学历证明弄丢了。

接下来是情绪低落的一个月。过去的职业如今看来一文不值，自然没有干下去的必要。媒体的大门紧闭，并且根本看不出任何松动的迹象。我下载了一款《武林群侠传》，天天窝在家里，守着电脑钓怪鲶鱼。偶尔也上上网，看看新浪的金庸客栈或者读书沙龙。我在上面灌水拍砖，发泄无聊，间或贴几张漫画，反响还不错。我为上网投资不小，那时候一台配置中等的电脑也要

8000 块左右。

有一天邮箱里收到一封陌生网友的来信。他说自己也是成都人，在网上看见我的作品，觉得有意思，想约我见面。我正无聊呢，见就见呗。

没想到见面很投机，一起聊了不少博尔赫斯、卡夫卡之类的玄乎事儿。在一家路边小店吃烧烤喝二锅头的时候，网友听说了我做记者的想法，说："嗨，干什么记者呀？去网站呀！"的确，那正值国内互联网首度红火的时候。他告诉我，他的一哥们儿正在筹备一家门户网站，他给我联系联系。我一听，二锅头多喝了一瓶。

可是诸事不顺。我瞧他那朋友不顺眼，那朋友看我估计也是心里格登。结果网站没办成，只好再次"待字闺中"。我那网友倒是觉得歉疚，说要不你先去某报社房产版试一试，他另一哥们儿交上的新女友在那里做责编。我做过企划，知道所谓房产版其实就是拉广告的，不过心想，好歹跟我的记者梦沾边，就答应了。

没想到一去挺受欢迎的，试用期从三个月直接缩短为一个月，不用拉广告，做编辑。后来我才知道那哥们儿的女友向她的领导吹嘘，我是《三联生活周刊》的撰稿人。老实说之前我的确在那杂志上发过三四篇千字文，可是算得了什么撰稿人啊。

干了不到半年，刚对工作流程有所熟悉，报社竟然关了。一时间，整个大楼乱作一团，我更是茫然无措。这时候领导找到我，说他的部门人员有两条出路，一是去本市第二大的报社继续做记者，二是转去某房地产专业报纸，可以挣大钱。他问我愿意去哪儿，我说跟你去那家大报社。只是没好意思说，我其实就想做一个真正的记者。结果我没在那家报纸呆多久，受不了那种官僚气，不出一个月，我又转去了一家还在筹备的新报纸。那时我已经被其他人视为媒体的老手了，在房产版呆了一段时间后，顺利地进入文化新闻部。

就这样，我在报纸杂志等媒体干了六七年，最后出于厌倦和失望，也因为新的理想，我开始了独立写作。

在我看来，自己的经历与《杜拉拉升职记》没有任何相似之处。所以，我认为发生在自己身上的，不是所谓职场故事，而只有社会故事。

我又想起一位朋友的经历。他也想干媒体，可是读完金融硕士，却在海淀区一家财务软件公司上班。有一次，某大城市交管局局长要他去做她的秘书。那位女局长是他小时候居民院里大他四岁的玩伴，一直都有联系，也赏识他的文采。于是，我那位朋友回大学办一些相关的手续，准备南下。一天出校门天黑了，撞上一位老先生。原来是他的老师。师生邂逅很高兴，一起到老师附近的住处一叙。两人聊着聊着，老师一拍大腿说别走啦，我的一个学生刚办了一个电台，正差人手，我介绍你去。就这样，朋友没有混上公务员，却鬼使神差地进了媒体，现在已经是某大杂志的老总。

很明显，这也不是一段正规的职场经历，而是一个透着命运气息的社会故事。

这说明了什么？在这里我没法系统地讲。不过一些专门研究就业问题的经济学家——譬如诺贝尔经济学奖获得者皮萨里德斯都承认，在找工作这件事情上，再全面的市场信息也比不上社会关系灵光。因为就算你为此做了充足的准备，可能还不如朋友私下里透露的一个细节更可靠。比如，你怎么知道主考官不喜欢你的条纹衬衫，或者对你的江南口音感兴趣？

所以我希望朋友们对整个社会保持更浓厚的好奇心，而不要把眼光局限在所谓职场之上。假如你真的以为，职场上的人（包括自己）就是商品，或者所谓人力资源，那么很不幸，你恐怕很难实现自己的理想了。

人际交往的圣经

"博弈"是现在相当流行的词儿。在报纸上读到，在电视里听到，甚至会从地铁口卖盗版碟的小贩嘴里蹦出来，吓你一跳。问题是什么叫博弈呢？或者说，博弈究竟是什么意思？未必人人都明白。

其实，人际交往就是一种博弈，或者说有规则的游戏。在这种博弈中，我们的行为千差万别，却有两种行为是基础。一是背叛，二是合作。所谓博弈，无非就是这两种基本行为的各种运用。

战争是人际交往的极端例子，因此也可以说是一种博弈。在第一次世界大战的西线战场，也就是靠近法国和比利时交界的那500英里战线上，战斗极其血腥残酷。可是，当年一个英军参谋在巡视前方堑壕时却看到，在战斗与战斗的空隙，敌对的双方士兵表现得相当克制。他惊讶地发现对方的德国士兵在来福枪的射程内走来走去，自己的士兵却不予理睬。同样，我方的人员在敌人的射程内也是大摇大摆，一点儿也不慌张。他暗自下定决心，当他接管这里时一定要杜绝这类事情。他愤愤地写到，这些士兵明显不懂得什么叫战争，双方竟然奉行"自己活也让别人活"的策略。

事实上，倒是这个自以为是的参谋不懂得战争，他不懂得哪怕是双方激烈冲突的情形下，合作也是可能的。因为，"自己活也让别人活"乃是颠扑不灭的真理。

不要以为那个参谋所看到的只是战场上的例外。一位社会学家在研究了一战时期有关堑壕战的大量资料后发现，这样的情形随处可见。的确，当敌我双方对峙之时，相互射杀似乎是唯一的选择。因为削弱了对方的实力就意味着增强了自己的力量，杀死敌人才能保全自己的性命。总之，短期来讲，冲突强于克制，背叛强于合作。可是，从局部来看则未必。比如一个固定的防区里，相互克制却又好过彼此攻击。道理很简单，既然双方都只想消耗对方的实力，而不是攻城拔寨，向敌占区前进，那么彼此克制反而能更好地保存自己。用博弈论的术语讲，这就是典型的"囚徒困境"。

那么，究竟该背叛还是该合作，怎样摆脱这一困境？社会学家发现，在堑壕战的第一阶段，冲突是频仍而血腥的。情况往往是德军炸死了英军堑壕里的 5 个士兵，而英军反击的炮火也会炸死 5 个德国兵。但随着时间的流逝，敌我双方互不进攻的情况越来越多。最开始是两边同时进餐，然后是因为特定的天气缘故互不射击，再后来相互喊话约定休战时间，到最后大家彼此克制的时间越来越长，直到部队换防。用博弈论专家的话讲，这就叫"重复囚徒困境"——一旦"囚徒困境"多次重复，所谓困境就会缓解，甚至解决，合作的概率就会大于背叛了。

以上是人际交往的实例，它说明了一点，只要有人际交往的可能，哪怕是战争这样的极端情况，合作总是强于冲突。

接下来我们看看人际交往的试验情况。

有人举办过一个大型的"重复囚徒困境"的比赛。他邀请了不少经济学、心理学、社会学、政治学和数学领域的专家来参加。在比赛中，每个专家要提交一个包含背叛和合作这两种基本行为的程序，让这些程序相互比赛，看哪个程序在比赛中获利最多。经过 12 万次对局，面对 24 万个不同的选择，结果专家们发现，一个最简单的程序表现得最出色。这个程序依据一个简单的决策原则，那就是"一报还一报"。具体来讲，这一原则包括这么几条准则：

不要首先背叛。

对合作与背叛都要予以回报。对方合作，自己则合作。对方背叛，自己也选择背叛；

保持宽恕与惩罚的平衡。无论回馈还是报复，一报还一报。不要"一报还三报"或者"三报还一报"。

不要耍小聪明。不多疑，不盲信，并且尽量使自己的策略简单清楚，让对方不要因为你行事的杂乱无章而无以适从。

在我看来，在人际交往中，这四条准则特别值得推广和强调的——不要以为这些是我的创造，它们来自于阿克塞尔罗德的著作《合作的进化》（上海世纪出版集团）。在这本书中，你还可以学到更多。有评论者说，《合作的进化》足以取代《圣经》的地位，我承认，他的评价是准确的。更重要的是，它比《圣经》简短多了。

森的镜子

某日与梁文道碰到，聊起了阿马蒂亚·森。两人相视一笑，颇为会心。因为我刚在一家报纸上介绍了森的近著《身份与暴力——命运的幻象》，并且我也看到，他在凤凰卫视的《开卷八分钟》里恰好介绍了同一本书。在我们之间，森像一个符号，彼此一旦拿出手，对上了"切口"，自然就明白，原来是同道。

森是这样一个经济学家，他有着大多数学者匮乏的学术自觉，那就是博学与平易的有机融合。他一向设身处地为读者考虑，因为他希望有更多的读者出于不同的需要，从不同的侧面来亲近自己的思想。他往往在自己的作品里提醒读者，哪些章节技术性较强，对此不感兴趣的读者可以跳过或略过，哪些章节属于非技术性内容，读者可以从中了解定理的直观陈述和结论的扼要阐释。所以像我这样的普通读者也能不知不觉随着他的指引，进入那些看似玄奥的殿堂。

《身份与暴力》与他过去的学术专著相比，又更加朴素晓畅，值得大家一读。

这本书讨论的是"身份认同"的话题。这个话题一时间很时髦，所以我就不把"身份认同"的洋文以及严格的说法在这里啰嗦一遍了。不过用最简单的话来讲，所谓身份认同，无非就是回答"我是谁?"这一大问题。很明显，这是一个再古老不过的哲学命题，估计凭借人类本身现有的智力水准，迄今都不可能找到答案。可是，森发现，目前的情况是，正确答案没有，错误的答案倒是不少。并且更严重的是，这些错误答案造成了极其严重的现实后果。

森在《身份与暴力》里讲到一个意大利笑话，特别能说明问题。他说上世纪20年代一个意大利法西斯党的官员去农村招募党徒。一个农民说："我父亲是社会主义者，我祖父也是。我怎么可以加入你们的党呢?"官员说："这算什么理由? 如果你的父亲杀过人，你的祖父也杀过人，你会怎么做?""哦，那样的话，"农民回答道，"我肯定会加入法西斯党。"可见，人们对自我的理解与他人如何看待我们之间存在着巨大的分歧。

在现实生活中，"我是谁?"特别容易转变成"我属于哪个群体?"的问题。放在过去，这两个问题的确有相似之处，答案也比较雷同。但是，一个现代人很可能要在这里犯迷糊。就像森讲的例子，如今一个人总是具有多种多样的身份。"同一个人，她可以是英国公民、来自马来西亚、有中国血统，是一个证券经纪人、非素食者、哮喘病患者、语言学家、健身爱好者、诗人、反堕胎者、观鸟人、占星家，并且相信上帝创造达尔文以考验那些容易上当的人类。"假如你处于这种情况下，你怎么确定自己究竟是谁呢？细致追究下去，我们会不会疯掉？真是难说。

所以森特别强调个人选择的重要性。多种多样的身份中，哪些身份对你来说更重要，更能说明自己究竟是谁，你得自己拿主意，不能让别人帮忙，也不能让集体和组织来掺和。一句话，我的身份我做主。

森还提醒我们，我们每个人的身份既然是多种多样的，就不要被那种单一的身份认同给欺骗了。他认为，单一的身份认同不仅虚假，还很危险。它在建立与他人的信任关系的同时，常常也在建立与更多人的不信任。沉湎于如此幻象的人们，一方面能够在社区里互帮互助，另一方面也会向新迁入的移民家中扔砖头——其行为从逻辑上讲一点儿都不矛盾。

从历史上看，单一的身份认同还特别容易遭致粗暴的操纵。森在幼年就目睹过这种情形。他清楚地记得，在上世纪 40 年代印度发生的骚乱与分裂中，一月份宽宏大量的人群是如何在"身份认同"的感召下转变成为七月份那些心狠手辣和残暴无比的教徒的。他认为，数十万人死于非命，正是因为"无知的民众被套上一个单一且好斗的身份，由熟练的刽子手们带领着酿造了这场暴力事件"。

如何与这种危险的幻象相拮抗？森的意见是，人们应该倡导和强调多元的身份认同，用相互竞争的身份认同来挑战单一的身份认同观。照我个人的理解，森的意思是，如果我们每个人永远从一副镜子里看自己是很不明智的——天晓得那是不是哈哈镜。如果多从不同的镜子里打量自己，我们就不大容易上当受骗了。

我想了想，森的办法不是很聪明，但是可能比较实用。希望你读了他的书，在理解自我方面，你会有比他更好的方法。

梦想栋笃笑

前些天微博上有人贴出一张图，对比了一些港台明星与大陆艺人的形象，还附上了他们的真实年龄。不看不知道，一看震惊了：林志颖和郭德纲，一个生于1974，一个生于1973，相差一岁，感觉像差了一个世纪；刘德华跟范伟，一个61年，一个62年，虽说再叫人家华仔有些不好意思，可是，谁会认为范伟曾被人叫过"伟仔"呢？再看看那一对，任达华与赵本山，看年纪前者比后者整整大两岁，然而除了这个，他们之间还有什么可比性？

有人评价说，这根本就是南北差异。北方人嘛，环境、饮食都与南方不同，造成以上结果。乍听有理，其实大错——你怎么解释达叔（吴孟达）跟四哥（谢贤）的差距？后者比前者可是大了整整11岁。又或者怎么解释赵雅芝与朱咪咪的差距？难以想象，她俩竟是同龄人。

更大的可能是因为市场需求的不同。总的来说，艺人对自我形象的定位取决于观众。是大众决定了艺人的老少美丑。按理说娱乐圈是一个最喜新厌旧的行业，你想想，要不是大陆观众的口味低下，谁会允许一个中年谢顶男盘踞贺岁档长达十多年之久，谁会愿意一堆像碱水泡过的浮肿脸庞天天出现在荧屏之中，还对你翘起兰花指，说："我只信任某某牌西裤。"

当然，任何作用必是相互的。艺人们对自我的要求低下，又反过来限制了观众的需求。故而没人要求汪明荃出演周星驰的搞笑老妈，同样，恐怕也没人请王志文秀一秀自己的身材。是演员们没有这种可能吗？未必。实在是因为他们已经在岁月积淀的习惯和思维中浸淫太久了。直接地说，他们定型了，走到尽头了。毕竟，像周星驰那样梦想突破自我（往往费力不讨好）的演员太少了——观众们只需回忆一下，在《少林足球》之前，谁想到过星爷要一展腹肌。反之，你能想象那些一脸虚浮的艺人还有梦想？

这让我想起香港艺人黄子华。他向观众们展现了一个有梦想有追求的艺人形象。当年他主演的连续剧《男亲女爱》取得香港开埠以来最高收视率，《栋笃神探》超过《金枝欲孽》，雄踞年度第一，《绝代商骄》同样好评如潮，至今仍有人津津乐道。令人吃惊的是，这么多年来，与他演对手戏的包括梅艳芳、郑裕玲、蔡少芬、佘诗曼等等，女艺人如浪似潮，换了一代又一代，黄子华偏偏越来越年轻，越来越有型，实在是令人赞叹不已。要知道他可是60年生人，岁月几何，诸位算一算吧。假如把他和那几位死赖在台上的所谓一线明星相比，更是让人佩服——没有肉毒素，没有玻尿酸，那几人的脸上还会有黄子华的光彩？

1990年，黄子华将一门全新的表演艺术 *Stand－up Comedy* 引入了华文社会，并给它取了一个古怪的名字，叫"栋笃笑"。20年来，黄子华凭借自己的学养和智慧，还有独树一帜的冷幽默，一直引领栋笃笑的潮流。在他的带领下，张达明、吴镇宇、吴君如、许冠文都加入了栋笃笑的行列，甚至周星驰、吴孟达等人也曾参与和尝试。他早期作品《娱乐圈血肉史》《跟住去边度》尚嫌青涩，2000年后的作品《冇炭用》《儿童不宜》《秋前算账》相当成熟，晚近的《越大镬越快乐》《哗众取宠》已入化境。2003年，正是香港非典闹得全城惊恐之时，黄子华的《冇炭用》出来，大家戴着口罩前往，照样满场。

最近我的大把时间都花在看黄子华的表演上了，觉得真是太值得。我很喜欢他的一句话，放在结尾送给大家："做人一定要有梦想，如果无！就会被有梦想的人玩死！"

慧眼、 判断与行动

　　每近春节，我都由衷地祝福朋友们快乐、幸福、心想事成。这些美好的字眼背后，有你我淳朴的希望。然而现在，我却不由的思忖，当我送出那些祝福的时候，是不是在说违心的话，甚而撒了弥天大谎。因为事实明摆着，对于大多数人来说，前景已经变得越来越不明朗了。

　　我想起当年在金融投机领域，犹太人安德烈·科斯托拉尼是一个比股神巴菲特还牛的传奇人物。上世纪 30 年代，他在巴黎从事股票生意，赚得盆满钵满。有一位聪明的记者朋友，常给他一些有关政治的小道消息，而他则回馈以不少股票方面的技巧和建议。总之两人合作得很愉快。可是，他俩在一个重大事件的判断上存在巨大的分歧，那就是战争会不会爆发。

　　记者朋友一直认为德国不会入侵波兰，更不可能和法国作战。他是一个不可救药的乐观主义者，而科斯托拉尼显然不是。

1939 年 8 月 24 日，苏德签署互不侵犯条约，之后欧洲进入一种奇异的平静。尽管巴黎证交所没有停止任何业务，可是科斯托拉尼意识到，战争已经不可避免。他在两周之内停止了所有的股票投机，把套现的钱和存款全部转移到了美国。

两周之后，也就是 9 月 6 日，那位记者朋友急匆匆地到证交所找到科斯托拉尼。他把科斯托拉尼拉到僻静处，既兴奋又神秘地说："好朋友，告诉我，现在我该买进什么，我想立刻赚上一大笔。"

科斯托拉尼也很激动，他问道："是不是希特勒死啦？"

朋友回答说："不，正相反。纳粹离巴黎只有 30 公里了，两天内他们就能抵达。战争要结束了！股票一定大涨！告诉我，这时候我该买什么股票？"

科斯托拉尼觉得有人用大锤猛击了自己的脑袋，一阵眩晕。他看见交易所里的人们一如既往地跑来跑去，听见朋友急切地追问着生财之道，感到心脏在痉挛，却什么话都说不出来。他飞快地跑出大楼，拦下一辆出租车，迅速赶回家，简单收拾了一下行李，乘坐最近一班列车离开巴黎，一路向南向西，翻越比利牛斯山脉，经由西班牙、葡萄牙，逃去了美国。

据说，那位记者朋友仍在交易所里寻找科斯托拉尼，请他指点迷津，直到纳粹关闭股市为止。二战之后，科斯托拉尼回到巴黎才得知，他的朋友因通敌判国罪判了十年监禁，还关在牢里。

后来，科斯托拉尼总结道，逃离法国是他一生中做得最好的一笔投资。

是不是悲观主义挽救了科斯托拉尼？好像不是。

这让我想起另一个故事。故事的主角叫瓦尔特·本雅明，他也是犹太人，德国有名的文化批评家。自从 1933 年离开德国开始流亡，他的大部分时光都在巴黎度过。事实上，当科斯托拉尼飞快地逃离法国，本雅明正在巴黎——德国人并没有即刻进攻，直到 1940 年 5 月战火才真正延烧到那里。6 月中旬，巴黎陷落前夕，本雅明逃到了法国南部。9 月 25 日，在朋友们的帮助下，他翻越比利牛斯山脉，来到了西班牙的边境小镇布港。可是因为西班牙临时关闭了关卡，不准难民们入境，当夜，绝望中的本雅明服毒自杀。

更令人唏嘘的是，就在他自杀的第二天，边境重新开放。他的同伴们都得以通关过境，途经西班牙，在葡萄牙的里斯本登船，最终抵达了美国。

是不是悲观主义害了本雅明？好像也不是。

美国人瓦里安·弗兰二战时期曾经帮助很多与本雅明有着类似境遇的人逃脱纳粹的魔爪。他曾经回忆到，在他帮助的那些逃难者中间，不少人即便是拿到了签证，拿到了跑路的经费，也可能因为恐惧而无法继续他们的逃亡之旅。

"他们对于停留表示出极度的不安"，弗兰说，"又对离去表现出巨大的恐惧。你把他们的护照和签证都给准备好了，可一个月后，你还是能在马赛的咖啡馆里看到他们。他们呆呆地坐在那里，等着警察过来把他们抓走。"

究竟是什么造就了科斯托拉尼与本雅明的不同命运？本雅明没有留下答案。但是，科斯托拉尼有。他说，父亲曾经告诫他，世上的人可以分成两类。一类人谈吐聪明，行动愚蠢；另一类则不善言辞，行动敏慧。科斯托拉尼认为，自己要做的，并且一直做的，就是成为后一类人。

本雅明是不是前一类人呢？不好说。毕竟，他只活了48岁，而科斯托拉尼差不多多活了一倍，直到1999年才以93岁的高龄去世。后者赢得了更多的为自己辩护的时间。

也许没什么意义——不过说完这两个人的故事，我方能安心地祝福朋友们。

希望在新的一年里，大家都有一双洞察世事的慧眼。更祝愿大家有着独立的判断力与强健的行动力。

维特根斯坦与微博

刚接触 twitter 的时候我跟朋友们讲，前途无量啊前途无量，可惜大家的反响并不热烈。待到波斯有事，饭否出局，我还在电脑前痴痴地等，却赫然发现新浪微博才是正主儿。赶紧找当初新浪朋友给我的内测户名，结果邮箱、密码全给忘了。好不容易进到里面去，嗬，哪儿是什么微博，就是庙会嘛。

不清楚微博这种新玩意儿究竟会火多久，将对人们的生活造成多大的影响——改变尚待观察，但潮流不可不跟。你看张朝阳急的，竟然克隆了不少新浪微博（也包括我的）放在搜狐上！

就我的观察，微博最强大的功能是"围观"。就是说，当一个新闻事件出现，大家在微博上相互转发、评论，使信息传播频率呈几何倍数的递增。一个信息是否能够给人留下深刻的印象，并不取决丁这个信息的内容有多么重要，而是取决于它的传播频率——这是传播学的至尊秘诀。微博就是最好的证明。你看，最近一段时间里的各种热门新闻，哪一条不在微博中诞生？

当然更直观的是，微博改变了人们的日常语言。你想想，每贴限发140个字符，还不得重复，对于唐僧惯了的人，比如我，是多么憋屈的事情。不过呢，限制也有限制的好处。它像一把劈柴刀，剔除了思维中杂乱无序的枝节，让你最想表达的东西更加简洁有力。事实上，我觉得微博的兴起会让一种体裁恢复生机，那就是"格言"。

格言是一种老得找不到源头的体裁。不过从格言里可以辨析出两种成分，一种是智慧，一种是权威。这两种东西缺一不可。所以我猜测，格言的前身多半是命令。数万年前，甚至更早，当一个部族首领对部属说："把你的鱼叉扛在肩上，这样更省力。"这是命令。如果同伴们不仅照做了，还到处传播："头儿说了，把鱼叉扛在肩上更省力。"格言也就诞生了。

你们看《圣经》的《箴言篇》，什么"好饮酒的，好吃肉的，不要与他们来往"，什么"鞭伤除净人的罪恶，责打能入人的心腹"，在古人眼里，它们不仅是聪明话，还是所罗门王的权威之言，故而全都是格言。然而在这个问题上，未必比古人聪明的现代人可能会多出一丝疑惑——权威和聪明难道是一回事吗？

太多的事实足以证明，人们的疑惑不是没有道理。稍有理智的人都清楚，有多少谎话在刀枪的簇拥里成为真理，就有多少言论在权柄的加持下成为格言——把掌握权力的人当作智慧的化身，这样的荒唐事我们没少干。

格言多次被人们抛弃，无一不是权力害的。权力给格言套上了警察的制服，把整个语言系统搞成了大监狱。在那种情形下，格言哪里只是一种体裁，或者一种句法结构？它根本就是戒条，是规则，是法律。更为极端的情况，格言干脆就是暴力。什么语法，什么逻辑，什么语感，通通不认。到后来连权力自己都忘了，没有正常的语言来帮衬，它根本屁都不是。

有人以为，格言是炮制出来的，其实不是。更多的事实证明，只有在适当的环境中，格言才有真正的生命力。经济学家熊彼特是一个格言爱好者，特别喜欢格言写作。可是我看了一看，质量真是不敢恭维。比如他说："艺术只是对着一堆垃圾发挥想象的技巧"，又说："人生的价值第一是取胜，第二是复仇"，貌似深刻，其实褊狭得很。为什么会这样？因为他的格言跟他的思想背景没有关系，跟他的行为方式也没有关系，只是闭门造车的产物。

反过来看作家高尔泰所说："奴隶没有祖国。"这就是很好的格言。因为从中我们不仅能读出思想的深刻，也大致能想象他多舛的人生际遇。

再比如哲学家维特根斯坦讲："不要试图拉出比你屁股还高

181

的屎。"相当鄙陋,却做到了大俗大雅。为什么?因为我们知道,这就是维特根斯坦看待世界和践行人生的方式——他的哲学任务就是探讨语言的准确性问题。如何化繁就简,如何去芜存菁,他干了一辈子。

当然,最好的格言总是产生于对话当中。在对话的时候,大家平等了,权力分散了,这时候,语言靠什么才有魅力?只是靠聪明,靠智慧了。

这让我想起有关维特根斯坦的另一件事。上世纪 50 年代,哲学家波普尔到剑桥大学做一个小型演讲。在会场上维特根斯坦和他就多个话题起了冲突。大概是过于激动,坐在壁炉边的维特根斯坦举着拨火棍冲到了讲台前。他一边挥舞拨火棍一边质问道:"请举出一个道德原则的例子来!"波普尔举的例子是:"不要用拨火棍威胁演讲者。"气得他夺门而去。

如此,波普尔的回答就成了一句格言。

我的意思是,在如今的微博上,相似的故事正在持续上演。在平等的世界里,除非你坚持对话的姿态,否则你就只能做夺门而去的维特根斯坦。

墙的哲学

　　一大早买菜回家，路上被推销牛奶的摊点瞄上了。见我没有兴趣，牛奶小姐在我身后紧追不舍。一边追一边和我套近乎："我一看你就是搞艺术的。"

　　这句话把事情弄复杂了。牛奶和艺术间的关系如何我真没有研究。至于艺术，我更是沾不上边。自忖除了头发长了一些，浑身上下无一处与艺术发生关系，既没有搞艺术也没有被艺术搞。牛奶小姐潇洒地画了一个圈，就硬生生把我和其他喝牛奶的芸芸众生区分开来。一个睡意朦胧的早晨完蛋了。

　　我想牛奶小姐并没有学过什么画圈的功夫，她只是自然而然地说了一句有可能带来数十元效益的话。她并没有想到画圈子既是人们惯常的思维方式，也是大家喜爱的生活方式。可她让我想起止在读的一篇文章，题目很长，叫《清季民族主义与黄帝崇拜之发明》（《历史学家的经线》，孙隆基）。其中讲到一个很有趣的史实，那就是民族始祖黄帝的发明。

大多数国人并不清楚，所谓中华这个五千年文明古国是由黄帝开国，我们都是"黄帝子孙"的说法竟然是 20 世纪的产品。春秋以前的文献如《诗经》《书经》《论语》《墨子》《孟子》等都不曾提及黄帝，到了战国时代关于黄帝的传说才流行起来。到了汉朝，司马迁把黄帝列为帝系之首，后来演变成了方术的守护神，并非"民族国家"的奠基者。几千年来，中华文明的中心人物是孔子，而非黄帝。只是到了晚清，面对诸强并起天朝欲溃的局面，当时的知识分子才有了民族主义意识，也才有了民族国家的观念以及制造一个民族始祖的迫切需求。于是当年的革命党机关报上刊印出了黄帝画像，下面写着："世界第一之民族主义大伟人黄帝"。黄帝"诞生"了。

有了黄帝，"驱逐鞑虏，恢复中华"的口号各地响应，"炎黄子孙"的说法也渐渐融入民众意识。人们用黄帝画的这个圈子不可谓不大。

不仅中国人会画圈子，老外画圈子的功夫也很了得。作为一个潜在的圣徒（艾略特语），西蒙娜·薇依似乎不应该说："等级制度是人类灵魂必不可少的一种需求。"（《扎根》，西蒙娜·薇依）可是她说了。

我并没有嘲笑圈子的意思。事实上，我感觉圈子可能是我们大多数人得以存在的主要依据。圈子帮助人分辨我们和你们，没有圈子，人们也许会失去某种现实感。我只是有点担心人们太刻意太执着，把圈子看得过于神圣，以至于圈子越画越小，最后只剩下自己。这样的圈子已经不是一个心理意义上的东西，而成为实实在在的墙。

"墙"是一个老词。所谓老词，就是负载了太多的意义，而其本身已不大引起人关心的东西。墙可以化为民族的精神，成为"长城"。墙也可以成为政治与种族的沟壑，以前分开东西，今天隔开巴以。面对墙，一个人往往会被联想带到世界上任何一段时间任何一段空间，但是眼前的那堵实实在在的以砖土构筑的墙却是不存在的。佛家说：面壁思过，就是这个道理。

日本作家养老孟司写了一本书叫《傻瓜的围墙》，在书中他反复谈了一个问题，那就是人与人之间为什么难以沟通？养老孟司认为墙分明就是我们的头脑。他说得很浅显，但的确值得人们好好想一想。

稍不留意，像朱学勤的《道德理想国的覆灭》一书里讲的，卢梭的笔直接通往罗伯斯庇尔的断头台的故事，或许还会发生，这就是由圈子演变为墙的大悲剧。

托洛茨基和野兰花

《萨义德访谈录》里有一篇访谈，题目叫《野兰花与托洛茨基》，可通篇看完，里面既没有托洛茨基，也没有野兰花。没有托洛茨基也就罢了，可"野兰花"三个字都不见踪影，这就让人不爽了（爱电影的人大概都知道我不爽的原因）。后来才知道，这托洛茨基和野兰花是有出处的，他们都来自理查德·罗蒂的自传。

在我读到的传记中，理查德·罗蒂的自传《托洛茨基和野兰花》是我的最爱。简短，翻译成中文不超过 15000 字。信息量还挺大，不亚于国内一个社科院研究员滔滔一辈子。罗蒂当年是个神童级的人物，到老了活力不减，争议不断，搅得大家心神不宁，这样的哲学家甚得我心。一个哲学家，如果让大家都活得很自在，在我眼里，那基本上就是废柴。

当然，一个哲学家如果让大家都活得不自在，自身也是危险的。苏格拉底就是最典型的例子。也就在苏格拉底之后，哲学直接介入世俗世界的方式基本上宣告失败。于是有的哲学家开始玩玄活，没一句实在的，最后搞一个包罗万象的体系，累死那些诠释者。有的哲学家则扮演先知的角色，替百年千载之后发言，煞有介事，一不小心成了神学家。

先知是一个高风险的职业，搞不好就有十字架火刑柱伺候着。不过那毕竟已成过去，现在有谁上了火刑柱，那也不过是行为艺术。按理说，在我们这个社会，先知应该是一个竞争激烈的行业，可事实上呢，敢于竞争上岗的哲学家少得可怜。这可能和大家对哲学的认识发生了改变有关。陈嘉映在《哲学 科学 常识》一书中说，虽然哲学这个名号可能还会保留着，但它早已不承担"用巨细无遗的理论为世界提供统一解释"的任务，也不能为任何事物提供预测了。在他看来，这个任务已由科学来承担了，而哲学的任务呢？是"经验反省和概念考察"。按照他的说法，我的理解是，先知这个职业的最佳候选人，应该是托夫勒、奈斯比特，而非伯林、施特劳斯。

陈嘉映是哲学家，他对哲学境遇的体会肯定比我这样的读者深切。可是，我还是觉得他缺少一些勇气，对他将哲学限定在"经验反省和概念考察"的狭小地盘里心有不甘。何况，连他自己也承认，取哲学而代之的科学，虽然为这个世界提供了更为准确的统一解释，却独独把人的心灵遗留在了画面之外。而哲学虽然形销骨立，毕竟时刻惦记着人心。

人心难测，这不正是先知施展手段的前提吗？

理查德·罗蒂就是当代少见的有"先知"之誉的哲学家。他提出的"以希望代替知识"的哲学新主张，可能在实践意义上还有些脚步虚浮，但不失为一条新路。在自传中，罗蒂回忆起自己的少年时光。那时候，他心目中的英雄是托洛茨基，最独特的兴趣是研究野兰花。15岁考入芝加哥大学时，他一心想做的，就是用某一个思想体系或审美框架，将托洛茨基和野兰花调和在一起，以达到济慈诗中所写到的境界："在单纯的一瞥中把持了实在和正义。"在那种境界里，真理的光辉普照，遍布着超凡脱俗的野兰花。可最终他意识到，他无法在托洛茨基与野兰花之间，在黑格尔与普鲁斯特之间，在公共正义与私人德行之间找到那唯一的真理——一个诚实的哲学家不可能在"单纯的一瞥"中把握住实在和正义。于是他提出另一种哲学。这是一种以希望取代真理，或者说以想象力取代理性的哲学。在他看来，纵然没有形而上学意义上的真理，只要人类的想象力还在，人的希望就会一直存在。从这个角度讲，罗蒂认为，哲学家都应该做人类的预言家，做未来的先知，而马克思、杜威、哈贝马斯、德里达都是这样的先知。

让我遗憾的是，中国没有这样的先知。有的看起来像，其实只是神学家而已。

辑四　历史感

最后的花果
乙丑
2008.3.23

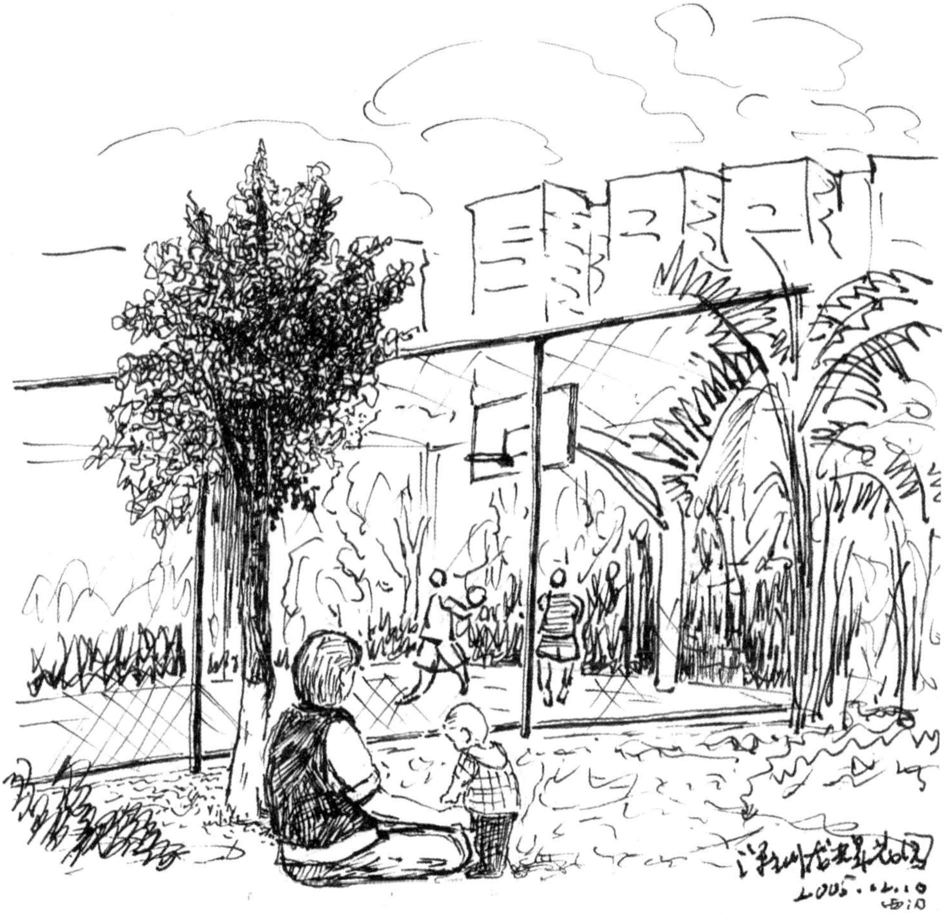
深圳龙岗某花园
2005.12.10

叙拉古的诱惑

叙拉古是古希腊时期地中海上的一个岛国。小国刚立新君，他的一个朋友是柏拉图的学生。这个学生觉得新国王应该愿意行事公正，愿意接受良好的教育。于是他恳求自己的老师柏拉图前来叙拉古。之前柏拉图曾经到过叙拉古，在见识了老国王的暴戾后而离去。但他的学生热情地劝说他相信，新国王与老国王完全不同，值得教育。柏拉图犹豫良久，终于乘船而往。然而柏拉图很快就发现新国王不过是想为自己在学识上镀镀金罢了，实际上仍然是一个暴君。柏拉图的理想国方案在这里根本无法实施，他只好失望而去。六七年后，柏拉图再度接受了学生的邀请回到了叙拉古。这一次他发现，暴君愈发傲慢，根本不把柏拉图放在眼里。柏拉图只好又一次失望地离开。

1934 年，当海德格尔担任了弗莱堡大学的纳粹校长后重返讲台时，一位同事尖刻地质问海德格尔："君从叙拉古来？"那位同事的名字已经无从知晓，可是他对海德格尔的这一讥讽却十分有名。

这是马克·里拉在他的一本书中讲述的一段逸闻。他称之为"叙拉古的诱惑"。这本书的书名叫《当知识分子遇到政治》。在书中，马克·里拉将现当代的几个最负盛名的知识分子摆上了手术台，剖析他们在政治生活中的幼稚与疯狂。这些人中包括海德格尔、施米特、本雅明、福柯，他们的思想至今对我们的生活有着非比一般的影响。作者希望通过分析他们介入权力政治的经历，告诉人们，这些思想深刻、影响巨大的知识分子是如何背叛了独立自由的理念，成为极权原则或恐怖政体的支持者和拥戴者，他们的心魔与他们的思想体系间是否存在着某种微妙的联系，而一旦人们不能深切体察这些联系，就有可能重蹈他们的覆辙。

无疑，海德格尔、施米特等人的所作所为是知识分子的背叛。可是，真正的知识分子究竟要坚守哪些原则呢？或者说，知识分子的定义是什么？

在英语世界，知识分子从来不是一个褒义词。直到 20 世纪中叶，英文中的知识分子（intellectuals）或者知识阶层（intelligentsia）都是颇负面的词汇。保罗·约翰逊的《知识分子》一书的标题，显然是这样的含义，甚至是更为轻蔑的含义。在他的笔下，卢梭、托尔斯泰、罗素、萨特等人都成了自私自傲的冷酷悭吝之徒。可是，尽管他罗织了不少耸人听闻的材料，在每一个句子上都加上表示鄙视厌恶的形容词，却只能让人明白，他是一个拙劣的泼污者。为了批判罗素的"脱离现实"，他列举的罪证之一是罗素"爱喝茶，却不会煮茶"。为了证明萨特的行动哲学是虚伪的，他认为萨特应该去炸军车或者刺杀党卫军。他的这种幼稚得近乎白痴的论调只可能得到偏执狂的认可。相反，从他的这些失败的罗织中倒可以看出人们惯常轻蔑地使用"知识分子"一词是多么地不慎重。

对于保罗·约翰逊的荒谬，萨义德在他的《知识分子论》中曾表示愤慨。他认为那不过是对知识分子"极端愤世嫉俗的攻击"。的确，保罗·约翰逊的描述既不符合现实，同时也不符合历史。知识分子曾经在历史中扮演重要的角色，到今天仍然如此，尽管目前他们的作用是加强了还是削弱了尚有争议。

在《知识分子论》中，萨义德给出了两种对"知识分子"一词的定义。一个是葛兰西的划分。葛兰西在《狱中札记》中提出，我们所有的人都是知识分子，但并非所有的人在社会中都具有知识分子的作用。而在起作用的知识分子可以划分为两类，一类是传统的知识分子，比如教师、牧师、行政官吏，这类人代代从事相同的工作。另一类是有机的知识分子（organic intellectuals），这类人与阶级或企业挂钩，而这些阶级或企业利用他们来赢取利益和权力。他们包括技术人员、政治经济专家、广告人、公关专家等。萨义德还提到了另一个人对知识分子的定义：一小群才智出众、道德高超的哲学家—国王（philosopher – kings），他们构成人类的良心。例如苏格拉底、耶稣、达·芬奇、伏尔泰等。这个定义来自朱里安·班达的论著《知识分子的背叛》。在对背叛的知识分子的批判中班达确立了真正的知识分子的形象：他们是特立独行、敢于面对权势的人，是"为追求非世俗的财富而感到喜悦"的人，是自称"我们的国王不在这个世上"的人。葛兰西与班达给出的定义各为极端。而明显的，萨义德对知识分子的定义更倾向于班达，他认为知识分子应该是"流亡者和边缘人，业余者，对权势说真话的人"。

尽管看起来葛兰西的定义更容易把握，但无疑班达和萨义德的定义更让一些人感到舒服。我相信，中国的知识分子更愿意认同他们的观点。在林贤治的《关于知识分子的札记》中，萨义德的观点就得到了正面的呼应。他们都强调知识分子的反抗意识和"业余者"身份，强调"内心流亡"和边缘性。

古怪的是，几乎所有关于知识分子的定义都倾向于缩小知识分子的范围而不是扩大它，这或许是"文人相轻"的衍生含义。稍加留意就可以发现，班达对知识分子的定义不过是萨义德的形容词，背叛班达的人也许正是萨义德心目中的知识分子。在班达那里，知识分子应该远离世俗，追求非实际的目标，为艺术、科学、形而上学的思索而工作。那些背叛的知识分子应该受到指责，因为他们"降临到公共广场上"，卷入到普通大众的公共关系中，成为政治热情和世俗热忱的俘虏。而在萨义德那里，这些所谓背叛简直就是知识分子这个称号的应有之义。在他的心目中，知识分子就应该是萨特那样的人，"要在最能被听到的地方发表自己的意见，而且要能影响正在进行的实际过程，比方说，和平和正义的事业"。与此同时，鉴于他们坚持"对权势说真话"，顺理成章的，知识分子必然成为公共社会的"流亡者"，哪怕不是真的被放逐或被边缘化，也要怀着一种受难者的心情，坚持"内心流亡"。然而，尽管现代社会没有打出"欢迎知识分子回到地面"的横幅标语，但是，除了与权力的较量，要从现实中寻找知识分子被放逐或者边缘化的证据仍然困难。再者，一个被放逐被边缘化的人如何做到在最能被听到的地方发表意见？萨义德的定义具有某种内在的矛盾性。

如果说班达对知识分子的定义有一定的历史背景的话——有关现代知识分子与古代祭司、教士以及中国士大夫的关系被讨论得够多了，那么不得不说，萨义德对此的定义有些类似于构筑神话，他自己也承认，符合他的定义的知识分子，像二战之后出现的活跃在咖啡馆的少数法国知识分子（如萨特、加缪等人）是伟大的，但几乎也是神话的。那种孤独地背负着伟大使命的人类良心，彻底反抗权力对抗主流秩序的萨特式的知识分子无疑是具备英雄气质的，但极有可能只是自恋产生的幻觉。比较客观的定义可能是雷蒙·阿隆给的。他在《知识分子的鸦片》中说，知识分子应该是独立的观察者，有节制地履行自己作为公民和舆论领袖的角色。

种种知识分子的定义难以让人满意，但是总有人指出一些比较具体的例证。比如说，法国知识分子是知识分子的典型。这样的说法还包括"俄国知识分子是最具有知识分子精神的""中国知识界缺少知识分子精神"等等。这些说法看上去都振振有辞，但是也很容易找到反驳的论据。当 1968 年巴黎的学生高呼着"宁与萨特走向谬误，不与阿隆共享真理"走向街头，萨特的知识分子形象是更伟大了还是更值得怀疑了？当 1848 年俄国革命失败后，俄国知识分子抛弃了自由主义，从此踏上一条通往极权社会的不归路时，他们的知识分子精神是高贵的还是荒谬的？既然中国缺少知识分子精神，那么推动、校正历史的力量从何而来？是不是可以说中国知识分子可有可无？

也许，无论出于何种目的，试图更多地介入社会生活，从而产生更广泛影响的愿望与企图超越世俗、保持独立精神的愿望是知识分子将一直面对的尴尬宿命。实际上，这就是权力与知识之间的冲突。权力，无论是硬权力还是软权力，都有助于知识分子以知识影响公众。但知识本质上具有的真理性，天然地不愿意屈服于权力。或许，知识分子能做的就是充分意识到这些冲突，坦然接受尴尬的宿命，并把这种命运的独特性当作自身定义的一部分。只有理解了知识分子的尴尬，可能在阅读《当知识分子遇到政治》时，失望的情绪才不至左右我们的判断。叙拉古的诱惑是危险的，更是真实的。这种真实可能不仅是知识分子所要面对的，而是我们整个人类所要面对的。

归纳、历史与鹅

　　罗素曾经开玩笑说，一群天天被农夫的谷糠喂得饱饱的鹅，再怎么归纳也归纳不出来，终有一天它们会被拧断脖子。忽然记起这么一段话，是联想到手中正读的几本书。

　　李零是北大教授，近年来屡有佳作。他的《简帛文献与学术源流》《中国方术考》，学界评价很高。学术之外，李零也乐意写点随笔之类的"边缘文字"。2005 年他的随笔《花间一壶酒》貌不惊人，却受到很多人的欢迎，其中也有我。李零的随笔文字有着寻常文人少见的狠与猛，用他自己形容野史的两个字最贴切，那就是"胆大"。他有一篇《中国历史上的恐怖主义》，将曹沫、专诸、要离、荆轲一股脑都写上恐怖主义的祖宗牌位，引起过不小的争议。如此大胆的文字能够成立，实是因为作者本人深厚的学养。在最近的新书《兵以诈立》里，李零对《孙子》进行了全面的解读。其中对"奇正"的讨论、对汉字"零"的探究，别出心裁，又言之成理，让人心悦诚服。在山西农村插队的时候，李零将《孙子》十三篇全部抄下来，粘成一个纸卷，天天转着研读，就像玩拼字游戏一般。痴迷如此，加上长年从事考古、古文字以及古文献的研究，《孙子》在他的讲解下大放光彩。

《兵以诈立》是由课堂讲稿整理而来，用作者的话说，难免离开书本，东拉西扯，"神游物外"。不过我发现，像不少从事历史研究的学者一样，李零埋首故纸双目炯炯，一旦抬起头来眼前也有一抹黑的时候。将"镰刀斧头"误为苏维埃标志，继而推衍出一套镰刀斧头战术，似乎只是笔误。可将人类历史看成一部血泪史，将文明视同腐朽，说什么"文明招来了野蛮，就像腐肉招来了鹰鹫"，就与"愤青"言论没什么高下了。李零又说，人很虚伪，不如虎狼，不免觉得作者心绪难平，以至于情感混乱。到最后，一本史趣俱佳的书，竟然得出和《狼图腾》差不多的结论，发出"我们要做狼，不做羊"的呼告，其识见实难恭维。奥斯威辛之后，再推行"物竞天择"式的社会达尔文主义，泉下严复，恐怕也会为百多年后有如此不长进的学生而反侧吧？

在《一个人文主义的历史观》中，余英时谈到了柯林伍德的历史哲学。他说，依据柯氏的看法，凡是人的动物本性、冲动与物质欲望等所决定的人类行为都是"非历史的"（non－historical），因为这些只是一些自然的过程。他认为，柯氏一语道破了人与禽兽、文明与野蛮的真正分际。显然，余英时是赞同柯林伍德的人文主义历史观的。这些年来许倬云先生一直热情地为"催生世界新文化"鼓与呼，其人文精神不让前者。相比李零讥讽上世纪 80 年代的启蒙思潮不过是"服丧未尽的余哀"，其见识高下不用多说。

一个历史学者希望自己的研究为今日之世界提供一些借鉴，本是好事。可是贸然将历史与现在等同起来，或是以旧有观念指代当代精神，难道不是对历史学的讽刺吗？如果过去与现在没有实质上的区别，时间有什么意义？历史研究有什么意义？

五千年的光辉不能洞穿今日之黑暗，一万年的黑暗也不能湮没今日之光明。逻辑归纳，说穿了仍是建立在心理基础之上。被谷糠喂饱的鹅，"归纳"不出末日，活在人类历史中的学者，总该比鹅强些吧？

消褪狂热

　　莎士比亚在他的名剧《麦克白》里借主角之口感慨："人生就是一个荒唐的故事，由白痴讲述，充满着喧哗与骚动，却毫无意义。"两个世纪之后，小说家福克纳以此为题写下了名篇《喧哗与骚动》。上世纪 70 年代，雷蒙·阿隆在法兰西学院的课堂上再度引述了这句著名的台词。只不过他着眼的不是苏格兰的贵族争斗，也不是美国南方的家族悲剧，而是一个比个人生活更宏大的词语："历史"。

　　难道到那个时代，历史为何物的问题还没有解决，以至于需要厚厚一本《历史讲演录》（上海译文出版社）来探讨它？要回答这一问题，有必要对现有的历史观重新加以审视。

　　本质上讲，历史就是人生——无非是过往时空当中的人生而已。更重要的是，历史与人生一样，必须以价值判断作为脊梁。没有意义的人生不值得过，没有意义的历史不值得书写。如果不凭藉意义的灯塔，回望过去，后世之人看到的，要么是一团迷雾，要么是痴人呓语，充满难以理解的怒吼和噪音。

然而说到历史的意义，首先要弄清楚的是"谁"的意义？这涉及一个重要的学术表述："谁是历史的主体？"同一段过去，在有的人眼中是开国史，在另外的人看来却可能是败亡史；同一段记忆，一拨人称之为解放，另一拨人视其为抵抗。这都是主体转换导致的常见情形。事实上，由于人类很晚才成为一个相互关联的整体，所以"人类历史"的叙述出现得也相当迟。蛮荒时代，所谓"人"往往指的是自己部族里的成员，部族之外的那些直立行走的动物根本就是食物或天敌。即便进入文明，古人常说的非我族类其心必异，也分明包含着这层意思。

真正把人类当作一个整体来考察的历史观出自基督教神学：创世纪、伊甸园、堕落与放逐、原罪与拯救。围绕着罪与罚，普世的意义诞生了，历史中的喧哗与骚动从此就不难理解。即便出现踏平欧陆的阿提拉，或者肆虐一时的成吉思汗，欧洲人也能用"上帝之鞭"予以解释。东方的情况有些不同。例如中国也有创世造人的神话，但从来没有以此建立起一个信仰的体系。在传统的历史观中，天命才是关键词。围绕得道与失德的主题，历史成为天命予夺的循环，这几乎构成了二十四史的全部内容。这种天下兴亡的历史观在一定程度上也具有普世意义，足以用来解释王朝更迭、异族统治、农民叛乱等一系列重大事件。

从文艺复兴开始，一直到启蒙运动，人类的观念发生巨大改变。神祇隐退，人性高张，理性的进步成为历史最重大的意义。与这一主潮相对的，另一股思想也涓汇成流，这就是历史主义（historisme）。德国史学家梅尼克认为，对理性主义的顺从，对因果关系的服膺使得人类的内心成了一块任凭观念涂写的白板，丧失了本该有的激情与自觉。而历史主义对个体意识、特殊性和多样性的强调则可以帮助人们更加深刻地理解人类精神，从而赋予历史崭新的意义。（《历史主义的兴起》，译林出版社）然而他没有挑明的是，按照历史主义的逻辑，历史总是特定人群的历史——特定的个体，然后是特定的阶级、民族、国家等等。这个逻辑包含的危险，历史已经给出了证明。

在两次世界大战的硝烟中，理性进步的历史观彻底动摇了，精神至上的历史主义遭遇的失败更加可怕——对理性的蔑视使它彻底否认普世价值的存在，最终产下纳粹思想与种族主义的异形。就像历史学家卡洛·安东尼所说，在崇拜历史的同时，历史主义伤害的是个人的权利、正义以及人道。（《历史主义》，格致出版社）

在《历史讲演录》中，阿隆思考的背景大致如此。在书中，他针对的主要是历史主义的变种，即马克思主义和存在主义，并试图用批判理性主义去搭救它们。在我看来，他的尝试未必成功，但毫无疑问，这种努力是非常贴近现实的。因为那时候的阿隆刚从六七十年代的思想风暴中脱身出来，其亲身经历必已化入思绪。

　　阿隆的反思对于我们观察中国现实也不无裨益。事实上，由于政治的强大影响，中国的历史研究一直处境尴尬，中国人的历史观更是大有问题。一方面，我们要反省规律至上的历史决定论，这种观点造成的伤害实在太多了；另一方面，我们要警惕勃兴的历史崇拜，任其泛滥必会产生极端的非理性。我个人认为，《历史讲演录》是帮助人们消褪迷思的一剂清凉药。

历史是一口井

  德国作家海因里希·伯尔在 1972 年得知自己获得了诺贝尔文学奖时说了一句著名的话："为什么不是格拉斯？"

  尽管很少有人耐心读完《铁皮鼓》和《狗年月》，谈论君特·格拉斯仍是不少人标志个人品位的方式。即便如此，我却宁愿和人谈论另外一些德国作家：我喜欢文字之轻远胜于思辩之重。事实上我读过的德国作家少得可怜，远的除了托马斯·曼和黑塞，近的也就是写《香水》的聚斯金德。当然，德国作家里也有给我影响颇大的，比如西格弗里德·伦茨。我曾经向很多人问起："你读过《德语课》吗？"大家都茫然不知。小说《德语课》讲的是一个少年犯对父亲的回忆。他的父亲是一个典型的德国人，一个恪尽职守的人。关于责任感，伦茨的小说是颠覆性的。君特·格拉斯的小说《铁皮鼓》实际上很大部分也是在探讨责任感。主角，那个侏儒奥斯卡正是为了逃避所谓责任而不愿长大。

我现在仍然认为，一个心智尚未完全成熟的年轻人读《德语课》或者《铁皮鼓》是一件极其危险的事情。

责任感是德国人的天性，责任感让德国人疯狂过，责任感也使德国人跪在了波兰犹太人墓前。换句话说，责任感是德国历史的一部分。没有哪一个国家的人比德国人更纠缠于历史了。在其他国家，历史或许是神话是童谣。而在德国，历史则是睡在枕边的幽灵。

既然命中注定，历史将一直纠缠着德国人，于是几乎所有的德国作家都主动地纠缠上了历史。他们把历史当作一口井，试图从里面打捞出艺术。君特·格拉斯也是这样做的。自《铁皮鼓》之后，《猫与鼠》《狗年月》《比目鱼》都受到人们广泛的关注。在经历长期的等待和争议后，因为《我的世纪》一书，君特·格拉斯终于获得了 1999 年诺贝尔文学奖。至此，他的事业达到了顶峰。瑞典科学院称赞格拉斯"在语言和道德受到破坏几十年"之后，为德国文学带来了新的开始。说他在"清醒的黑暗的虚构故事中展示了历史遗忘的一面。"瑞典科学院尤其称赞君特·格拉斯的新作《我的世纪》是"按时间顺序伴随二十世纪的注释，并且对使人愚昧的狂热显示了一种独特的洞察力"。而当我读完《我的世纪》一书时，我感觉瑞典科学院的那些评委们的评价是客观的。只是，我越来越不清楚艺术和历史的距离应该有多远。

尽管君特·格拉斯的文学创作才华早被世人所熟知，但是他终于还是从小说的帷幕中走了出来，开始直截了当地讲述历史。从这一点看，这位老人现在真正爱的是历史，而不是艺术。也许，他一直都是如此。其他作家想从历史这口井里打捞出艺术，而君特·格拉斯爱的是井本身。他不想打捞什么，而是往井里抛几块石头，听听深井中的回声。正如他在《我的世纪》中国版序言中所说，他的目的就是让"历史发出响声"。

　　《我的世纪》的体裁很难界定，有人说它是散文集，也有人说它是故事集，我认为《我的世纪》却有着报告文学的某些特征，就像冯骥才的《一百个中国人的十年》。《我的世纪》甚至可以说并非个人创作的成果，倒像是一个由君特·格拉斯本人和米舍尔（他的历史顾问）、诺伊豪斯（他的学术顾问）组成的创作小组的作品。《我的世纪》的各国译本也是在这个小组的亲自指导下翻译的，所以中文版的《我的世纪》有着德文版同样的风格：严谨，甚至刻板。字字斟酌，举轻若重。

　　正是因为《我的世纪》，我决定继续保持对德国文学的敬意，并且继续缅怀我曾经不小心读到的德国作家——他们为数不多，表情严肃。同时我发誓，再也不提起《德语课》和西格弗里德·伦茨。对于大多数人来说，他不重要，就像《我的世纪》之于我。

刀枪不入

我常常对人说，对死去的人要宽容，对活着的人要严厉。当然，我也可以跟人讲，对死去的人要严厉，对活着的人要宽容。之所以我常常讲的是前面那段话，不是因为它比后面那段话更有道理，只是我先想到了它。

世事芜杂，人们却总想生活得简单。虽然不一定照办，但最好有那么几句话，翻来覆去可以运用，可以宽慰自己的浑浑噩噩。上学那时候喜欢在笔记本上抄写人生格言，到如今有了自己的格言，也不写在本子上，直接刻在脑子里了。有时候想想，一个人没有几句属于自己的，不同于其他人的语言，其实活着会更艰难。

在某部国产影片中，一群凶神恶煞的团练跟着一个腆着大肚皮的黑脸壮汉，齐声高喊"刀枪不入"，挥舞刀枪冲向红军的阵地。一梭子子弹将壮汉撂倒，众人惊慌四散。导演用了不少菲林来交代这段场景，可能只是觉得精彩，背后却隐藏着一种嘲笑，一种对语言的嘲笑。这种嘲笑像子弹一样滚烫而冷酷。

在削因一类的哲学家眼里，这个世界只有两种东西，语言以及语言的对象。简要地讲，也就是两类，一种叫"刀枪不入"，一种叫"刀枪"。这两种东西彼此依存，又在历史中制造冲突。在上述那个场景中，信奉"刀枪不入"的壮汉是唯心论者，而显然，善用子弹的红军战士是唯物论者。当然，导演的哲学立场是不言而喻的。

但语言有语言的力量。在穿过一条寂静无人的夜巷时，语言能壮胆，这是儿时的经验。长大了，语言可以帮助一个羞涩的男孩去亲近一个女孩。"刀枪不入"显然是对语言力量的滥用，可反过来一想，不管这四个字如何荒唐，它毕竟支撑着那些人冲向了阵地，在子弹横飞之前豪情万丈。

语言究竟有多大的力量？苏格拉底把它用到了极致。他的学生斐多曾经满怀感激地说到自己的老师："他治愈了我们。"用什么治愈？无他，唯语言尔。尼古拉·格里马尔迪（Nicolas Grimaldi）在《巫师苏格拉底》一书中说苏格拉底在本质上是萨满、魔法师和巫师的混合体，因为苏格拉底用有魔力的语言蛊惑人们，同时也治疗人们灵魂中的疾患。

正因为语言有特别的力量，使用的人便须谨慎。

以前百姓管写有字的书信、印有字的报张之类为"字纸"，是不可随意丢弃的。按习俗，这类"字纸"须拿到指定地点统一焚烧，以示对文字的敬畏。我所在的城市有一条街道叫"惜字宫"，就是因一个焚烧字纸的小庙而得名。这让我想起仓颉造字时"天雨粟，鬼夜哭"的异象。古人比我们多的，就是一份敬畏心：语言对这个世界造成的影响究竟是正面的还是负面的，只有天知道。

于是有人开始反思语言，对如何使用语言、该不该使用语言产生了疑问。黄子平在《害怕写作》的代序中就表达了一个写作者对语言的诸多困惑。他问自己：是谁给了你写作的权利、写作的资格？是语言让他体会到了写作中的空虚与充实、软弱与坚强。他是一个有敬畏心的人。

和"刀枪不入"的壮汉一样，不少人仍在滥用语言。拙劣的翻译是司空见惯的例子，粗心大意的作者和编辑也在创造新的笑话。比如前面提到的《巫师苏格拉底》，在书的封面上，作者尼古拉居然印成了"居古拉"。这样的错漏也可以放过，看来出版社也在玩"刀枪不入"的把戏。

历史的轻与重

我常常同时看好几本书。这并不是夸耀，而是想说明我的懒惰。在卧室、卫生间、客厅、露台这些地方活动时，我总希望一伸手就可以拿到书，离开时又随意地把它放在一边。当然，这样的读书方式其弊病也是显而易见的。譬如现在我在看的几本书就在脑袋里熬成了一锅粥。一本是《洪业——清朝开国史》，一本是《1688年的全球史》，还有一本是《未来千年文学备忘录》。

为了谈论文学中的轻与重的问题，卡尔维诺在《未来千年文学备忘录》中讲了一个希腊神话的隐喻：谁也无法逃避女妖美杜莎那令一切化为石头的目光。唯一能够砍下她的头的英雄是柏修斯，因为他穿了长有翅膀的鞋善于飞翔。而且他从不接触美杜莎的目光，只在青铜盾牌上察看女妖的形象。卡尔维诺用这个故事来说明他的艺术观，那就是轻的价值并不比重的价值低，甚至更高。他认为，在轻松的想象与沉重的生活之间的联系就是文学的重要特征，追求轻松让文学的存在更有价值了。

我想把卡尔维诺的例子用到史书和历史的关系上。我觉得长期以来，历史的写作者和阅读者走进了一个误区，那就是认为历史太沉重了，不可能以轻松的态度对待它。这沉重来自大家的共识，即历史是真实的，而且是唯一的。想象一下历史的体貌已足以让人们触目惊心，漫长地望不见源头的时间，宽阔地看不到边际的范围，既然它如此庞大，人们怎么能够不认为，它是真实而沉重的呢？

可是谁曾经看见过历史的全貌？尽管多少人描绘出它的一鳞半爪，可是谁能够说出历史究竟是怎样一只怪兽？这让我想起那个盲人摸象的故事。盲人的可笑不在于他们的残疾，因为从某种意义上讲，面对历史，我们每个人都是盲人。盲人的可笑在于他们过于认真，过于相信所谓客观存在。他们轻松不起来。

和黄仁宇的《万历十五年》一样，小约翰·威尔斯在写作《1688 年的全球史》时也是选取了历史中的某一年来做一次"断层扫描"。我觉得，正是轻松的态度和想象力让他们的著作不同凡响。和小约翰·威尔斯比起来，《洪业——清朝开国史》的作者魏斐德显得要刻板一些。不过那只是他笔下丰富的史料给人的最初印象，读到后面，我也渐渐感觉到他的轻松想象了。

和这些国外史学大家相比，国内的某些历史研究者恰如摸象的盲人，既偏执又可笑。我看见一篇文章批驳以《往事并不如烟》为代表的回忆作品，提出了一个极沉重的话题，称当代中国人遭遇了一个严重的历史伦理问题。"当代""中国人""严重的""历史伦理问题"，这根大棍子招式威猛，力道十足，似乎可以吓煞不少人。

从唐朝开始正史收为官修，像司马迁那样个人修史的行为在原则上被否定，只能以稗史的方式存世。我不由想到了历史上著名的"玄武门之变"，关于这个事件的记载向来是符合"当代中国人"的"历史伦理"的。然而后世仍有王夫之说："太宗亲执弓以射杀其兄，疾呼以加刃其弟，斯时也，穷凶极惨，而人心无毫发之存者也。"我不知道当时有没有人站出来指责船山先生犯了严重的历史伦理问题。

和如此批评家不同，我对当代的历史研究者和著作者的要求很轻松：文笔要好，想象力要丰富，而且别总是苦大仇深的样子。从这个角度讲，杨绛的《我们仨》是一本好书，我也乐见被杨绛称为"男沙子"和"女沙子"的林非夫妇站出来辩驳。因为他们都参与了一件有意思的活动，这种活动有一个专业词，叫做"个人修史"。我觉得，个人修史应该竭力避免那种强烈的沉重感，不应该认定历史之于个人是一道只有唯一正确答案的标准化试题。轻松地对待历史，或许能更接近于真实。

有必要声明的是，轻松绝对不是轻浮。正如卡尔维诺所说：

"的确存在着一种包含着深思熟虑的轻，正如我们都知道也存在着轻举妄动那种轻那样。实际上，经过严密思考的轻会使轻举妄动变得愚笨而沉重。"保尔·瓦莱里说："应该像鸟儿一样轻，而不是像一根羽毛。"当然，他们提出的是对写作者（我认为也是对读者）的更高的要求，我只希望看见更多的个人来写历史，并且不把"严重的历史伦理问题"当一回事。

与二有关的2

尽管我不是特别明白，"2"这个数字为什么忽然获得如此诡异的时代含义。然而我必须承认，无论从哪种角度看，"2"真的不一般，它的的确确有些二。

中国人对"2"的情感历来复杂。从那些福寿双全、双喜临门之类的吉利话可以看得出来，人们对"2"可谓一往情深：毕竟，它是自然数中第一个偶数。这就像过去的人家，生了带把儿的，若是第二胎添的闺女，那简直就叫圆满。其实自打人类懂得计数，"2"就不可避免。"1"是多么孤高啊，没有半点人情味儿，"2"就不同了，它使得事物有了并列的可能、比较的可能，以及相互转换的可能。虽然人们常常悲叹："福不双至，祸不单行"，对"2"所包含的矛盾抱持着一定的疑惧与不信任，但总的来说，"2"让中国人的世界有了转圜回旋的余地——天地、是非、对错、黑白、爱恨、悲喜等等。人们渐渐学会把万物一分为二，就像在自己所困的单间牢房的地上画了一道中线，人生从此仿佛有了权衡，多了选择，继而萌生出莫名其妙的意义。可以这么讲，从数千年前阴阳太极这类东方玄学，到如今依然根深蒂固的辩证法思维定式，中国人对"2"的痴迷唯有病态二字可以形容。

然而中国人并不崇敬"2"，痴迷里一向包藏着亵玩的成分。本质上中国人都是分裂的，自己满足于脚踏两只船的状态，也享受左右逢源的乐趣，却总是非常严苛地要求别人立场坚定，凡事一一对应，做人从一而终，行动一以贯之。所以当现在的人说某某某很二，其实是说那人糊涂，还一根筋。"一"得搞不清场合，"一"得不对自己的口味，故而称之为"二"。

和中国式的灵活比起来，西方的态度才真正叫做二。"2"这个数字太让西方人抓狂了。首先，按照质数的定义（除了被1和它本身外，无法被其他自然数整除的数），"2"是数学世界里唯一的偶数质数，可见它有多么特殊。新近有一部小说叫《质数的孤独》，写一男一女的生活像孪生质数（例如3和5）一般孤独，彼此难以靠近。我反而觉得，与之相比，"2"才是质数中的异类，孤独中的孤独。

其实早在古希腊时期，"2"就曾引起一些人极大的恐慌。当年大数学家毕达哥拉斯在意大利南部创立了一个神秘的组织，后世称作毕达哥拉斯学派。名为学派，其实更像黑帮。加入这个帮派的门徒必须坚信灵魂不朽，还要有相当高的数学素养。他们接受毕达哥拉斯教的领导，干预政治，传播宗教，同时研究数学。门徒的所有研究成果一律归组织所有，不得外传。一旦泄露出去，立刻处以极刑。这个组织有不少稀奇古怪的戒条，比如不能吃豆子，不能用铁质的物件拨弄火焰，不能碰白色的公鸡，不能吃心脏，不能吃整块的面包等等，但最高的律令只有一条，那就是"万物皆数"。

所谓万物皆数，意思是世界万物都由数字构成，另一层含意则是，万物都可以用数字（包括整数和分数）来表达。比如，1是点，2是线，3是面，4是体，体化万物，巴拉巴拉巴拉。这些道理按下不表，单说一个叫希帕索斯的门徒。他在运用毕达哥拉斯定理（中国人称为勾股定理）解几何的时候遇到了难题。我们知道，毕达哥拉斯定理可以表述为 $3^2+4^2=5^2$，所谓勾三股四弦五。假设直角三角形的两条直角边的长度都是1，那么斜边长度就可表述为 $1^2+1^2=x^2$。很显然其中的 $x^2=2$。可问题在于，什么样的 x 自乘等于 2 呢？

答案是，没有一个整数或分数的平方会等于 2！希帕索斯由此断言，肯定存在这样一类数，它既不是整数，又不是分数，而是一类不能用两个整数之比的方式表示的不可公度的数，即后来的人所说的"无理数"。

希帕索斯到处宣扬自己的惊人发现，毫无顾忌地向外界透漏消息。毕达哥拉斯为此大为光火，下令处决他。希帕索斯乘船黄夜潜逃，最终在途中被老师的人马抓住，淹死在地中海里。这个故事说明，自古以来，"2"这个数字就给西方人的观念世界带来了不小的麻烦。

为了摆脱"2"的阴影，西方人移情别恋，转而颂扬"2"的两个邻居1和3。例如1是纯粹的，而3格外圣洁，三位一体、三权分立等等。哪怕是天堂与地狱的二元结构，也要在中间添加一个炼狱才算放心。可以说，西方人对数字的二，使得他们的文明进程脉络清晰，易于辨认。

回过头来再看中国人对数字的态度，几时像西方那么剑拔弩张？人们只是基于一些可笑的理由，赋予数字可笑的含义。比如与死谐音，"4"不吉利。与发谐音，"8"是好彩头，诸如此类。说到底中国人不仅没有数学精神，而且相当鄙夷数字所代表的精确——因为那似乎特别"匠气"。模糊、混沌，这才是千百年来人们赖以生存的哲学。即便到了今天，当一个人说另一个人"二"，他怎么可能理解，为了这么一个"2"，曾经有人牺牲了性命呢？

小镇微波

平乐是四川邛崃下辖的一个古镇，这些年来因旅游开发，经济上有所提升。前几日我和西门媚去了一次平乐，发现旅游对当地居民的生活产生的冲击并不大。居民们仍然可以坐在镇中巨大的黄角树下乘凉喝茶打牌，享受夏日的悠闲时光。

奶汤面和钵钵鸡是小镇的特色食物，当地人不少以此为早餐。一大早，我们去附近农民赶集的市场上，在一家小店里吃面。看情形，我们是食客中唯一的旅行者。坐在我们旁边的是一个胖胖的女人，估摸不到 50 岁，脚下放着几大袋茶叶，看来是到镇上来卖茶叶的。这时进店来两夫妻，也在 50 岁上下。男的精瘦矮小，穿着蓝布中山装，一双胶鞋，裤脚卷到了小腿上，女的微胖，身穿细碎小花棉绸短袖衬衣，看来同是到镇上来赶集的农民。夫妻俩坐在正对我们的一张桌子前，叫了一笼包子和两碗稀饭，他们的声音引起了胖女人的注意。胖女人向夫妻打招呼，丈夫微笑回应，显见他们以前认识。有些奇怪的是妻子的表情颇冷淡，只顾着桌上的食物。

起初胖女人和那丈夫的对话邛崃口音很重，没听得清楚。可那胖女人的声音忽然高亢起来，让我们努力去辨识他们的对话。听了一阵才明白，胖女人是奉教的，正在规劝那丈夫信教。我们听见她高声地说："信教得永生。"那丈夫摇头："这个世上莫得哪个人可以长生不老。"胖女人说："不是长生不老，那是迷信。信了教，天主就可以搭救你，你就可以进天国。"那丈夫仍温和地摇头，说："人活一辈子，死了的事情哪个都说不清楚。"我听见这番话心中莞尔，这男子对来世抱一种不可知的态度，活脱脱一个儒家信徒。

胖女人的声音仍很高亢，可惜听不大懂。倒是那男子可能注意到我们在一边偷笑，开始有些表演了："天上不会平白无故掉馅饼，啥子都要靠各人。世上没有救世主，也没有神仙和皇帝，那是老实话。"

胖女人说："反正我们信教的得永生，你们不信的就要下地狱。"

那男子干脆把筷子一撂，并不看那胖女人，他右手食指指着上面，却像对我们发言："我不管天上地下，我只晓得这个世上活着的都是人。你看那《康熙字典》，说千道万，就一个人字。"看来他是识不少字的。

"哪个说只有一个人字？还有男人女人呢！"胖女人有些急，

"《圣经》上说了，夏娃是亚当的……"

"唉呀你莫说了，"那妻子突然开口插话，她转头对丈夫说，"你也莫讲了，好好的吃顿饭嘛。"丈夫不说了，那胖女人还在说："你们要不信……"那妻子也不看她，兀自说："各人有各人的菩萨。我也是烧香拜佛的人，没听说这个要到处去讲，到处去说嘛。"原来，那妻子是信佛的。

"只有一个主，你们拜偶像的肯定下地狱！"胖女人脸上还笑吟吟的，心中大概很愤怒了。

那丈夫声音也高了起来："那个宗教自由你晓得不？你有你的自由，我们有我们的，各顾各！"一时间，三个人的声音交缠一起，不知道说了些什么。

这时候店里的老板娘看不过去了，过来圆场："哎呀，天气热，火气大，大家都少说点儿。"

胖女人看那夫妻无可救药，拎起茶叶袋子出了店门，站在街上冲着店里喊："你们都是撒旦派来的！"说完走了。店里的气氛一下子变得轻松起来。

老板娘给我们结账的时候嘴里嘟囔："这种人硬是烦得很。"我们问她平乐周边信教的人多吗？她说："多！"

我们出门的时候那对夫妻还在吃，其中那丈夫朝我们微笑，好像之间有某种默契。

历史不是杜蕾斯

我家附近三年前开了一个小店。店面虽小，名头很大，叫做中华家谱研究会。如果不仔细看，很难发现店招最后跟着一个羞怯的"筹"字。就我的观察，小店向来门可罗雀，"筹"字三年来都没能取掉。身着唐装的店主似乎一点儿不急，天天悠闲地在桌前练字。直到几周前，小店终于关张，改成了一家性用品商店。这件事情像一个意味深长的寓言诱惑着我，提醒我重新思考一个问题：历史是什么？

没有什么东西比历史更让人气馁的了。它是那么难以捉摸，像一种无名的动物——远远看去温顺而动人，一旦逼近，立刻会成为对生活的实际威胁。

于是有人干脆逃避，把历史当作一堆不正经的段子。也有人心有不舍，质疑历史究竟是个什么玩意儿。我还见到有人幽怨地写道："中国人最悲哀的是，刚刚被历史的车轮碾过，还没爬起来，就发现历史在倒车了。"我也和大家一样，对历史充满困惑，觉得它简直就是传染病，可以长期潜伏，也可能短期爆发。

历史究竟是什么？严肃的答案不是没有。相反，答案非常多。在我的书架上，《论历史》《历史是什么?》《历史研究》之类的著作多的是。罗素、卡尔、布罗代尔、布洛赫、奥克肖特等等，陌生的熟悉的，大师高人，不乏精义妙论。毫无疑问，他们的答案自有其价值。可是坦率地讲，他们的答案对普遍大众未必有用。要知道，所谓历史，在大多数人的嘴里几乎就是信仰，就是宗教。而实际上在大家的内心深处，不管什么玩意儿，一定要"有用"才行——有用才是王道，历史也不例外。

举个例子。尼安德特人（Neanderthal）是生活在欧亚地区的人类亚种，三万年前被现代人（也就是今天人类的直系祖先）所灭。照理说这是人类至为关键的重大经历，可是除了专业人士，有多少人在乎这个？换句话说，对于普通人来说，这段历史"没用"。

理解了这种社会心理，我们才可以进一步讨论什么叫历史。这时候我们会惊讶地发现，历史究竟有什么用，与历史究竟是什么，大家谈的其实是同一个问题。

我记得十多年前有本小说《根》（亚历克斯·哈里著），写一个美国黑人历经艰辛到非洲寻根的故事。当时小说非常火，评价也很高。可是现在我想起来却有些疑惑：从贩奴时代算起，黑人在美洲大陆上少说生活了两三百年。直到上世纪 60 年代民权运动风起云涌的时候，以黑人寻根为题材的文学仍未出现。这是为什么？想来想去，我的结论是，对于过去三百年的美国黑人来讲，吃饱肚子，少挨鞭子，远比认祖归宗有用。所以直到 20 世纪下半叶，黑人的现实生活逐渐有了起色，关于民族根源的历史才变得"有用"起来。所谓"仓廪实而知礼节"，就是这个道理。

"有用"这个词比较含糊。所谓"有用"，不是说历史真能当饭吃、当枪使或者当各种工具用，而是说历史可以满足当代人的自我期许，这才是"有用"最核心的意义——我们希望现在和未来的生活是良善的、公平的、美好的或强盛的，所以我们把与此有关的过去，无论是正面的还是负面的都看作历史。作为个人，也是如此——"我"希望自己是高贵的、富裕的或者与众不同，于是理所当然地认为自己的身后铺就了一条通往过去的特殊的道路。这就是市面上叫"爱新觉罗"的人越来越多的原因。

从"自我期许"的逻辑里，我们依稀能看见历史的本质。我们依照自我的期许，选择性地去感知我们希望感知的过去，这就是历史。

然而，问题并没有随之变得简单。期望自己是智者的人，他眼中的历史多半充满观念；期盼自己是仁者的人，他心目中的历史必然充满同情；复仇者回望过去，尽是悲愤与血泪；逍遥者挥挥衣袖，把历史当作浮云。可以想象，一个自认为刀枪不入的人，他的历史肯定与上述所有人都迥然不同。如此差异的期许，它们之间有重叠的部分足以称为我们共同的历史吗？我不无疑虑。

这就是为什么宏大的历史叙事总是透出虚假的缘故。个人依靠自我的期许，选择自己的记忆，问题不大。而集体则往往忍不住，利用它的权力涂改我们个人的记忆，以达成它塑造自我形象的目的。联想到那家惨淡经营，由家谱研究改卖情趣用品的小店，不得不承认，尽管历史很"有用"，但恐怕并不具有"杜蕾斯"那样的可塑性和普适性。

怎么办？我觉得，假如每个人的自我期许里从不缺少"诚实"，权力就很难涂改我们的记忆吧。而历史，总有值得信任的部分。

今天的记者，昨天的鞋匠

　　不同的时代诞生不同的职业，这是现在的常识吧？看过日本电影《武士的一分》的朋友应该还记得，那个替藩主试毒的武士在瞎眼后的遭遇。不要以为，那仅是对没落幕府的描写。每个时代有自己的黄昏，每个职业也有。相信在如今那个经济不振的岛国，不少白领的观影感受会更深。

　　不过所谓职业，其实要在变动中才显得出意义。倒回去数十年，你去问一个老农什么职业，他多半一脸茫然。农活是他一辈子的生计，跟职业的概念相去甚远。同样，你很难想象，孔夫子孟夫子们明白什么叫职业，他们一生只晓得以天下为己任，何来职业之分？所以今天我们谈论的职业，大概是一个近似值吧。

　　在平淡无奇的年代里，想找出一种有代表意义的职业，何其难哉。汉唐明清，时局一旦稳定，或归于一统，最典型的职业就是官吏，也就是现在所说的公务员。反而在时代的变动中，我们方能发现闪光的职业。比如战国时期，最摩登的职业绝对是纵横家，他们是春秋说客和客卿的升级版，如今满脸风尘，嘴唇起泡，包裹里揣着六国相印，奔走在通往大梁邯郸的道路上。不要小看了他们，那些人是动荡岁月的幸运儿、投机者和英雄，塑造了一个元气充沛的大时代。

与战国接近的，是东汉末年以及三国时期。那时候达官贵人贩夫走卒，一锅乱炖，才命强健者胜出，运势颓靡者败走。最让人印象深刻的，当然是鞋匠刘备。此人美其名曰中山靖王之后，实际上如《三国志》所说，就是一个从小没了老爸，只好和母亲靠编草鞋凉席为生的庶民。就此，传统的观念无非两类。一类宣扬刘备虽身份低微，但血统纯正；另一类观念则是强调刘备艰苦创业，王侯将相宁有种乎。其实极少有人注意到，刘备早年的职业生涯与他后来的"革命历程"存在相当重要的因果关系。

我绝非信口开河。人创造了职业，职业反过来会塑造人，这是千真万确的事情。有西方学者就发现，在欧洲的乡镇上，屠夫总是显得较为严肃，并且自以为是。裁缝往往沉湎声色，贪吃贪喝。白痴一般的粉刷工喜欢四下闲逛，食品杂货店的店主粗鄙不堪，而门房好奇心强烈，老是喋喋不休。每个职业都赋予从业者某种独特的性格或气质，这个道理我想大家都明白。

就拿鞋匠这个职业来说吧。一位叫霍布斯鲍姆的专家注意到，鞋匠们的激进主义倾向在历史上是出了名的。以法国为例。1789 年攻占巴士底狱的行动中，有 28 个鞋匠被捕；1791 年练兵场骚乱，他们的被捕人数排名第一；之后的 1851 年政变，巴黎被捕的反对者中也是鞋匠居多。在英国，鞋匠又享有工人知识分子和思想家的美誉。他们兼做记者、编辑、诗人和牧师。而在北美发生的波士顿倾倒茶叶事件中，也有鞋匠的身影。总之，与其他职业的人相比。鞋匠的表现格外抢眼。

鞋匠们为什么这么厉害？可能有几个原因。首先是鞋匠们够孤独，也够独立。一般来说，他们独自劳作，很少帮手，使得他们有机会阅读、思考，发展自己的内心世界。鞋匠们也够自由，有能力自己安排作息时间，因而经常有空闲在社区里扮演活跃分子。还有很重要的一点，鞋匠的工作是技术活儿，在体力上的要求不高，即使那些体弱多病的人也能胜任——而这样的人自然偏好智力活动，以弥补体格上的不足。他们还是典型的流动商贩，四乡八镇都去游走串联。这样的职业这样的人，思想独立，工作灵活，消息灵通，实在是传播新潮观念、策动集体行动的最佳人选。

从史籍中看，刘备"少言语，善下人，喜怒不形于色。好交结豪侠，年少争附之"。这样的人能纠结群豪，闯出一片天地，的确不乏鞋匠们共有品质的功效。罗贯中在《三国演义》里写刘备独处之时编织帽子解闷，结果遭诸葛亮批评，显然对刘备的职业特点揣摩得相当透彻。

如今鞋匠这个行业早已凋敝，我们这个时代，分工越来越精细，职业变动也越来越频密，要找出一个具有代表性的职业十分困难。不过，我觉得记者这一行当还算典型。做过多年的记者，也做过很长时间的编辑，我感觉记者颇像当年的鞋匠，能与社会各阶层充分接触，又需独立完成本职工作。既孤独，又独立。既激进，又灵活。这样的职业在讲究整体配合流水作业的现代社会，的确是相当独特的。

当然，时代不同了，一切都不可能全是重复。19世纪的鞋匠常常兼职记者，可惜，21世纪的记者却做不了鞋匠了。

历史感

冬日寒冷，只好躲在家里，白天读书，晚上看碟。前几天看到一部《再见巴法纳》。影片以一个狱警的视角解读曼德拉，别有天地。其中有一段情节是这样的：当早已不再做看守的格里高利不愿受命去看守软禁之中的曼德拉——他在看守曼德拉时彼此已建立友谊。格里高利夫人却劝说丈夫："你不是想要进入历史吗？现在正是时候。"——彼时南非种族隔离的高墙已摇摇欲坠，连向来不理解丈夫同情曼德拉的她也意识到，他们将因为曼德拉而进入历史。

像格里高利夫人这样有历史感的人，我见到的不多。中国人有悠远的历史，但似乎向来缺少历史感。以至于刘心武在小说《钟鼓楼》里不断地向读者唠叨："要有历史感"，哪怕他描述的庸常人生和历史感沾不上什么边儿。当然，从他在《百家讲坛》中的表现来看，他一再强调的历史感未必和现头有什么关系。

但究竟什么是历史感？一时我也回答不上来。这也许要归咎于一时勃兴的写史热潮。随便走进一家书店，都能看见这几年结出的"累累果实"。它们都不假思索地冠以"历史"的名号：《历史的脸谱》《历史的底稿》《历史的经验》《历史的棱角》《历史的裂缝》《历史的天空》《历史的沉船》《历史的耻部》《历史的人性》……却找不到尼采的那本《历史的用途和滥用》。出于好奇，我曾经用了一个晚上的时间翻阅过红透全国的《明朝那些事儿》，唯一的感受是白话文的发明很有可能是一个被低估了的历史灾难。当然，那些风起云涌的跟风之作就更不堪一提了——有家出版公司就给我寄了这么一本，我读了几行字就径直扔进了垃圾桶，在这里我连书名都不愿意提，以免有恶炒之嫌。偏偏劣币驱逐良币的事情总会发生：在刚刚过去的一年里，有多少人读到了《德国反犹史》，又有多少人知道《两头蛇》呢？

布克哈特（Jacob Burckhardt）在《世界历史沉思录》里说："一切精神的东西，不管它们是在哪个领域里感受到的，都具有历史的一面。……其次，所有发生过的事情都具有精神的一面，这种精神的成分使得发生过的事情有可能永垂不朽。"或许，历史感就是这样一种精神，一种感知和理解世界的能力。但又不尽然。历史感也可能是一种意志，一种行动力。PX 事件中的厦门市民就是例证。约翰·格雷说，人类的一大教训就是永远记不住教训。看来他对人类有无历史感持过于悲观的态度了。可以肯定，在以后的日子里，厦门人都不会忘了什么叫做历史感。

还是格里高利夫人说得直接，所谓历史感其实就是现实感，伴随着时光流逝的滴答声。多好的一句话呀："你不是想要进入历史吗？现在正是时候。"

曲什么学，阿什么世

　　一个经济学家在接受采访时认为，现在很多人都在拍马屁，有的是拍富人的马屁，有的是拍穷人的马屁。这话好像很精彩，可是似乎有些问题。至于问题在哪里，我就不说了。

　　说到拍马屁，文人的功夫是极深的，且不分中外古今。若能拍到读者自动对号入座的地步，那就算是能耐。但若能使得拍马者与马儿惺惺相惜，那就堪称化境，马屁千年不穿。就拿《世界是平的》一书来说吧，你以为托马斯·弗里德曼能把比尔·盖茨等人忽悠到人手一册的地步？谁比谁傻？还不是彼此相互利用。你敢大言炎炎挣版税，我就敢拿你的书冒充《圣经》，为全球化的十字军骑士们壮胆。其实，像弗里德曼这样的唯技术论者，美国那块肥沃的土地上极易滋生。在美国电影中最常见的结局就是：一个孤胆英雄，或鏖战丛林，或征服太空。一帮人西装革履，站在大屏幕前，眼睁睁地看着英雄载誉归来，最后"YES、YES"，泪光闪烁，欢呼雀跃。如果把英雄形象置换成弗里德曼笔下的全球化 3.0 理论，把那帮欢呼的人用跨国 CEO 们来扮演，几乎不需要修改剧本。

这几天我一直在读的《成吉思汗与今日世界之形成》也是一例。从书中可知，作者杰克·威泽弗德（Jack Weatherford）是个相当勤奋也相当谨严的历史学者。他为写作此书，沿着马可·波罗的海上航线围绕古蒙古帝国走了一个夏天，从华南一直走到威尼斯。后来又深入蒙古，历时五年才完成写作。所以本书细节丰富，颇有可读性。可是，这位谨严的学者在判断是非上却有些犯糊涂。的确，成吉思汗所建立的蒙古帝国客观上为各个文明之间建立更紧密的联系发挥了巨大的作用，但要说他是一个心怀大同理想的伟大统帅恐怕有些勉强，而要一改历史上对他烧杀戮掠的记述，将其塑造成一位仁慈的君主则实在说不过去。抢劫、屠城、将农民视为豢养的牛羊随意杀戮，这些无法回避的事实居然被作者说成是有道理的、仁慈的，他的辩解够离奇的：这些行为与当时西方各国的野蛮残酷相比算不得什么。之所以有这样的"仁慈相对论"，我看是因为作者一开始就中了"全球化"的毒，非要把成吉思汗说成是缔造全球化世界的第一人，非要像弗里德曼那样，为臆想中一马平川的世界做个历史学啦啦队队员。显然他以为如此，就能拍上时代的马屁。

世界当然不是平的，即使以后是平的，也不可能铲平、荡平或夷平，也不可能像现在一些人那样认为将在技术的力量下"抹平"。没有共同的人类理想，世界永远平不了。像杰克这样的文人，不明白这个道理，你曲什么学，阿什么世呢？

故人·故事·故乡

一进冬天，整个城市就像患上了白内障，分不清晨昏，也辨不出阴晴。

这就是成都。

只好依靠记忆来过冬。

嗯，春天里我在做什么？

春天里频频出游：油菜已开始结实，花瓣飘洒一地，远处的桃花像焰火燃烧着山坡。阳光出奇的好，在蜜蜂的振翅声中嗡嗡地响。最沁人的是胡豆的花香，春风吹送，无限遐想。几个朋友爬上一座小山，能看见远处广阔的平原。江山如此，奈何奈何。

夏天里我在干什么？多半在爬格子、玩游戏、读书和下围棋。

盛夏里去世的老人让我怀想：何满子、舒芜。我曾经和他们有过交谈，见面时他们都年近九旬，这让我误以为他们会长生不老。

那么秋天呢？秋天里我干了些什么？哦，秋天里参加诗人的聚会，还读了不少朋友的好诗："秋天的戏剧无视命运/跟下一个季节讨价还价/而过去不答应/过去的庇护一改烈日的方式/现实低温寂静/后来连汗水都令人怀念/不再渗出来，也没有流回去。"

转眼就冬天了。

睡眠不好，整夜都能听见邻近的 KTV 传出的歌声。含混不清，时高时低。自己似乎醒着，却分明知道其实也在睡着，脑中开始盘旋一个场景，而那个场景是需要我一扭头一回首才会看见的。

于是，我看见雾霭刚刚散去，炊烟冉冉升起。宽阔的江面闪耀在初升的朝阳之下。对岸青黛色的高山，宛如屏风一般掩住江水的去路。而上游的拐弯处，一艘客轮恰好露头，拉响了浑厚的汽笛。

那是我的故乡，吴冠中、张仃们曾经描画过的地方。记得江水轻快地漫过双脚，又调皮地退去。记得沙鸥翻飞的江岸，阳光下银白的沙滩。记得吴冠中这样描述它："小城面临长江，江畔码头舟多人忙，生活气息十分浓厚，是最惹画家动心的生动场景。"

我看见十一岁的我，背着书包，在陡峭的石阶上小跑。登到小巷的高处，转角就看见同学的家——差不多每天早晨我都去叫他一起上学。站在那个转角的石阶上，左侧再无房屋遮挡。我一扭头就看见，白练一般的长江萦绕着半个青砖灰瓦的城市。

那是最好的景色，最好的画面。

可是我又怎能看见？我蜷缩在白内障一般的冬天里，而故乡已经没入江中。

前些日子，母亲告诉我，外祖父的家已经拆除了。那是我从小生活的地方。92 岁的外祖父不得不舍弃自己的祖屋，搬到更高的地方去。那条巷子里的老住户听说拆迁的事儿，心一急，有两个老人故去了。他们是胡老汉和潘婆婆。

......

有网友用一个字来回顾即将过去的 2009。

那个汉字叫"被"。

一开始我觉得很准确，后来又想，这么多年来，哪一年不能用这个汉字来概括呢？

故人"被"故去了。

故事"被"发生了。

故乡"被"消失了。

我的过去，在记忆留存的实体层面，也被拆除了。

之后，我的记忆将无处栖身，无处过冬。

之后的春天、夏天和秋天，它们都是崭新的、悲凉的。

"富二代" 的品性

　　某个杂志要讨论"富二代"的话题，我自告奋勇申请写一篇。后来我检讨了一下自己的动机，发现原因很复杂。我不大喜欢"富二代"这个提法，跟禾大壮、肥之宝之类的化肥名差不多，太直白太鄙俗了，一点儿也不能体现人民群众的智慧。可是我一时也想不起妥帖的词，所以想借此向读者们求助。

　　"富二代"还容易让人联想到江山啊、权位啊这些东西上去，就像当年鲁迅批评的那样，一想到白胳膊，就止不住奔下三路了。其实这是千百年来中国人的惯性思维，官本位嘛，总是把权力和财富分不开——杭州发生的欺世马事件加深了大家的印象。其实，那件事情没有成功逃脱公众的视野，还能在网络上掀起大风大浪，本身就说明，所谓"富二代"跟高衙内还不是一回事。

　　在我的熟人中间没什么富人，"富二代"更是稀罕得很，这反倒让我对接触到的人印象深刻。我认识一个家庭，一家三口，

241

父母跟我熟。虽然不知道家底究竟，应该算是富人。男的是制药公司老总，女的是英特尔在本地的法律顾问，有房有车有别墅。儿子读中学的年龄就送到了英国，大学读的是伦敦政治经济学院，除了牛津剑桥，也算是名牌，肯尼迪、李光耀和拉登都是校友——有意思的是，他们都算得上是"富二代"。

不过没人指望这位"富二代"（姑且叫他"阿二"吧）取得多少成就。阿二学的是传媒专业，主修创作和数码编辑。目前在国外的高等学府里，设置这种专业的主要目的就是骗取富人的钱财，去资助那些重要而贫穷的学术研究。阿二在伦敦呆了七八年，回来后想自己找工作。我们都劝他的父母，既然不缺钱花，就让阿二去搞个工作室玩玩艺术嘛，让辛勤劳作的人们享受美育的按摩，或者去做慈善和环保，奉献一些爱心，何必出来跟普通人争饭碗呢？他父母说没办法，阿二很任性。

我想任性应该是"富二代"的一大特征吧？阿二的父母为了他进媒体，带他来见我好几次。我的这个感觉得到了证实。按理说是他有求于人，大家见面不说长幼有序，至少不失礼仪吧？情状往往令人讶异。我记得有一次在公共场合聚会，还在相互寒暄呢，阿二就说："你们谈，我累了，眯一会儿。"掏出一张丝绢手帕盖住脸，在沙发上蒙头大睡。

我在北京还见过一位富家公子。父亲是上市公司的总经理，母亲在总工会任职。那才叫真任性。这位公子初中毕业就死活不愿进学校了，出国更不愿意。成天就是玩车，最大的兴趣则是拆车。家里有的奔驰宝马全给他拆了，凡是新款豪车上市，他都要求父母买来，以供他大卸八块。家里专修了一个大车库，跟飞机维修库差不多。

我想，要形容"富二代"，再没有哪一项特性能像"任性"这么贴切了。从根本上讲，富人和穷人不是敌人，因为他们所追求的东西是一样的，而"富二代"才是富人的最大敌人。他们没有追求财富的动力，却有消耗财富的欲望；他们认为一切唾手可得，无须付出任何代价；他们毫无节制，不拘章法，以为这就叫特立独行。这种品性，在富人身上找不到，在穷人那里更看不见。他们是名副其实的异类。

不过在我看来，作为私德，"富二代"的任性令人侧目。但从社会的角度看，未必不值得赞美。他们不追求财富，故而对这个世界的损害较小；不参与竞争，所以心胸较为豁达；他们炽烈的消费欲望是社会财富再分配的支柱之一，如果像他们的父母那般爱财如命，这个社会就会一潭死水；更重要的，他们的任性中包含着某种不计得失的因素。而这种因素在一定条件下会促使他们从炫耀财富走向炫耀荣誉。一旦"富二代"意识到荣誉的感召，他们就会在客观上为社会做出贡献——某种类似于"贵族精神"的东西就会慢慢扎根。

俗话说，"富不过三代"，这是至理名言。我觉得，这句话的本质含义是，追求财富不是人们的终极目标。如果说父母辈追逐财富乃是合理，那么后世子孙继续以此为唯一目标则可笑之极。如何从富裕到高贵，如何从金钱崇拜到荣誉至上，说不定"富二代"是其中关键呢。

（全书完）